A

Die großen Romane
Band 5

»Solange der Vater gelebt hat, sah man die Abgründe nicht, doch auf einmal blickt man wie am benachbarten Kanal, der wegen eines versunkenen Schiffs und ertrunkener Pferde abgelassen werden musste, auf lauter Schlamm und Morast. Wir befinden uns in einer Moorlandschaft, die keinen festen Grund kennt und Leichen birgt. Über dem ganzen Haus liegt etwas Krankes, alles scheint am Faulen. Mit jedem weiteren Tag erweist es sich als Brutkasten, aus dem es kein Entrinnen gibt. Man ist einander ausgeliefert wie in Sartres Stück *Geschlossene Gesellschaft*, wo es am Ende heißt: ›Die Hölle, das sind die andern.‹«

Karl-Heinz Ott im Nachwort

Georges Simenon, geboren 1903 im belgischen Lüttich, gestorben 1989 in Lausanne, gilt als der »meistgelesene, meistübersetzte, meistverfilmte, mit einem Wort: der erfolgreichste Schriftsteller des 20. Jahrhunderts« *(Die Zeit)*. Seine erstaunliche literarische Produktivität (75 Maigret-Romane, über 117 weitere Romane), viele Ortswechsel, zwei Ehen und unzählige Frauen bestimmten sein Leben. Rastlos bereiste er die Welt, immer auf der Suche nach dem, »was bei allen Menschen gleich ist«. Das macht seine Bücher bis heute so zeitlos.

Georges Simenon

Das Haus
am Kanal

Roman

Aus dem Französischen
von Ursula Vogel

Mit einem Nachwort
von Karl-Heinz Ott

Atlantik

Die französische Originalausgabe erschien 1933 unter dem Titel
La maison du canal im Verlag Fayard, Paris.
Die deutsche Erstausgabe erschien 1935 unter dem Titel
Die Hexe bei der Schlesischen Verlagsanstalt, Berlin.

Atlantik Bücher erscheinen im
Hoffmann und Campe Verlag, Hamburg.

1. Auflage 2019
Copyright © 1933 by Georges Simenon Limited
GEORGES SIMENON ® Simenon.tm
All rights reserved
Copyright für die deutsche Übersetzung © 1986
by Diogenes Verlag, Zürich
Copyright für die deutschen Rechte © 2018
by Kampa Verlag, Zürich
Copyright für diese Ausgabe © 2019
by Hoffmann und Campe Verlag, Hamburg
www.hoca.de   www.atlantik-verlag.de
Umschlaggestaltung: Rothfos & Gabler, Hamburg
Umschlagmotiv: © plainpicture/aurelia frey
Satz: Pinkuin Satz und Datentechnik, Berlin
Gesetzt aus der Stempel Garamond und der Ano
Druck und Bindung: C.H.Beck, Nördlingen
Printed in Germany
ISBN 978-3-455-00687-2

Ein Unternehmen der
GANSKE VERLAGSGRUPPE

1

I m Strom der Reisenden, die sich in Schüben zum Ausgang drängten, war sie die Einzige, die es nicht eilig hatte. Ihre Reisetasche in der Hand, den Kopf unter dem Trauerschleier hoch erhoben, wartete sie ruhig, bis es an ihr war, dem Schaffner ihre Fahrkarte hinzuhalten. Dann ging sie einige Schritte weiter.

Als sie um sechs Uhr früh in Brüssel den Zug bestiegen hatte, war es stockfinstere Nacht gewesen, und ein schwerer Eisregen hatte sich über die Stadt gelegt. Auch das Abteil dritter Klasse war nass, von den verschlammten Schuhen rann Wasser auf den Fußboden, die beschlagenen Zwischenwände waren klebrig, die Fenster innen und außen nass. Die Menschen dösten in ihren durchfeuchteten Kleidern.

Um acht Uhr, bei der Einfahrt in Hasselt, wurden die Zug- und auch die Bahnhofslampen gelöscht. Von den Regenschirmen in den Wartesälen liefen feine Rinnsale zu Boden, die nach eingeweichter Seide rochen. Um die Öfen drängten sich Leute, um sich zu trocknen. Sie waren fast ganz schwarz gekleidet, wie Edmée. War das ein Zufall? Oder bemerkte sie es nur, weil sie selbst tief in Schwarz ging? Und war die Tracht der Landbevölkerung nicht auch schwarz?

12. Dezember. Die großen schwarzen Lettern, neben einem Schalter angeschlagen, sprangen ihr in die Augen.

Draußen prasselte der Regen, Menschen rannten hin und her, an allen Türen drängten sich schutzsuchende Gestalten, und der Himmel war so düster, dass die Ladenbesitzer ihre Lampen brennen ließen.

Genau gegenüber dem Bahnhof, in der Mitte der Straße, stand eine dicke schwarz-grüne Lokalbahn. Sie war leer. Kein Zugführer, kein Schaffner weit und breit. Sie trug die Aufschrift *Maeseyck*. In diesem Städtchen musste Edmée umsteigen, um nach Neeroeteren zu gelangen.

Sie stieg kurzerhand in den ersten Waggon ein, der durch eine Glaswand zweigeteilt war. Auf der einen Seite saß man auf Holzbänken, und der Fußboden war voller Zigarettenstummel und Auswurf, die andere Seite war mit roten Samtkissen und Teppichboden ausgestattet.

Edmée war erst unschlüssig, trat dann durch die Tür in das Abteil erster Klasse und setzte sich in eine Ecke. Sie hielt sich kerzengerade, hob den Kreppschleier, der ihr Gesicht verhüllte. Sie war sehr schmal, sehr blass, ein wenig blutarm, wie es sechzehnjährige Mädchen oft sind. Ihre straff geflochtenen Zöpfe waren im Nacken zu einem festen Knoten geschlungen.

Eine halbe Stunde verging. Das Abteil zweiter Klasse bevölkerte sich, vor allem mit Bäuerinnen, die große Körbe trugen und sich lautstark unterhielten, wie es die Flamen gern tun. Mitunter warf die eine oder andere einen Blick auf Edmée, die allein hinter der Glaswand saß, flüsterte einer Nachbarin etwas zu, schüttelte mitleidig den Kopf, und andere Augen richteten sich auf das junge Mädchen.

Die Lokomotive pfiff. Die Bahn rollte durch die Straßen der verschlafenen Kleinstadt. Vielleicht war es ein

Zufall, dass die Lampen aufleuchteten, jedenfalls wurden sie während der ganzen Fahrt nicht mehr gelöscht.

Der Regen, Edmées Schleier, die dicken schwarzen Tücher der Weiber, das Wasser auf dem Fußboden und den Bänken verschmolzen zu einem düsteren Grau. Die gepflügten Äcker waren dunkel, die Backsteinhäuser von schmutzigem Braun. Der Zug fuhr durch das limburgische Kohlegebiet, Bergwerksdörfer und Kohlehalden zogen vorbei.

Es war ein alter Zug, die Fahrgäste wurden durchgerüttelt und die Köpfe pendelten von einer Seite zur anderen. Edmée erging es nicht besser. Durch die Glaswand konnte sie nicht hören, was die Frauen sagten, aber sie sah ihren mitleidigen Gesichtsausdruck, die Münder, die sich zu einem Seufzer öffneten, und die leeren Augen, die sich, sobald das Gespräch ins Stocken kam, in die beschlagenen Fenster versenkten.

Der Schaffner trat in das Abteil erster Klasse, sprach Edmée auf Flämisch an. Sie sah ihn nicht an, hielt ihm das Geld hin und begnügte sich mit einem einzigen Wort: »Maeseyck!«

Der Schaffner versuchte es mit zwei weiteren Sätzen, aber sie drehte den Kopf weg. Der Zug hielt in jedem Dorf, manchmal auch an einer Wegkreuzung, wo weit und breit kein Haus zu sehen war. Leute liefen herbei, Frauen, außer Atem, mit lachenden Gesichtern und gerafften Röcken ließen sich auf das Trittbrett heben. Der Schaffner stieß mit seiner Trompete den piepsenden Ton eines Kinderspielzeugs aus. Die Lokomotive pfiff.

Gegen elf Uhr öffneten die Bäuerinnen ihre Körbe und holten ihr Mittagsbrot heraus. Um zwei Uhr hielt der Zug in Maeseyck neben einer gleichartigen Bahn, die aber einen Waggon weniger hatte und mit der Aufschrift *Neeroeteren* versehen war.

Edmée erkundigte sich nicht nach der Abfahrtszeit, blickte nirgendwohin, richtete an niemanden das Wort. Wie in Hasselt setzte sie sich in ein Abteil, während die meisten Fahrgäste die Kneipen aufsuchten, wo sie sich an einem heißen Kaffee gütlich taten.

Der Zug fuhr erst um halb vier ab. Es dämmerte schon.

Die Fahrt ging durch Wälder und einen unendlich langen Kanal entlang, der so gerade war, dass er die Reisenden in seinen Bann zog. Die Nacht war bereits eingefallen, als sie einen Dorfplatz erreichten und der Schaffner rief:

»Neeroeteren!«

Edmée stieg aus, blieb reglos mitten auf der Straße stehen. Gegenüber befand sich ein Lebensmittelgeschäft mit einem flämisch beschrifteten Ladenschild. Menschen gingen zur Bahn, andere umarmten sich oder eilten davon. Keiner beachtete sie. Edmée ging zu dem überdachten Ladeneingang hinüber, der ihr vor dem Regen Schutz bot, und stellte ihre Reisetasche auf eine Stufe.

Die Lokalbahn fuhr wieder ab. Die Straße leerte sich. Im Schatten der einstöckigen Häuser stand ein schweres graues Pferd, das vor einen hochrädrigen Wagen gespannt war. Von irgendwo löste sich lautlos eine massige Gestalt, deren Riesenkopf mit einer durchweichten Mütze unmittelbar auf dem Rumpf zu sitzen schien und deren überlange Arme ungelenk am Körper herabbaumelten.

Das Wesen trug Holzschuhe und bäuerliche Kleidung. Zweimal ging es, ohne den Mund aufzutun, an Edmée vorbei, dann blieb es plötzlich zwei Schritte vor dem Ladeneingang stehen und brummelte:

»Sind Sie die, die in die Rieselungen kommt?«

»Ja.«

»Ich bin Jef.«

Er wagte sie beim Sprechen nicht anzublicken, und er konnte sich auch nicht recht dazu entschließen, ihr die Reisetasche abzunehmen.

»Haben Sie ein Auto?«

»Ich habe den Karren.«

Endlich gab er sich einen Ruck, ergriff die Tasche, rannte auf den hochrädrigen Wagen zu und beruhigte das ungeduldige Pferd.

»Sie können doch allein aufsteigen?«

Steif vor Kälte, wie schon den ganzen Tag, folgte ihm Edmée. Er stellte die Tasche in den Wagen, drehte sich zu ihr um, wusste nicht, wie er ihr die Hand reichen sollte.

»Sie könnten sich schmutzig machen.«

Mit einem Satz war sie oben, duckte sich, um unter das Verdeck zu gelangen. Gleich darauf saß er neben ihr, ergriff die Zügel und trieb das Pferd mit einem Zuruf an.

Noch zwei, drei Lichter waren zu sehen, dann führte der Weg durch schwarze Fichtenbestände. Es ging ein scharfer Wind. Das Verdeck blähte sich, ließ den Regen herein, der auch durch einige Löcher tropfte.

Edmée konnte den Burschen neben sich nicht sehen. In der Finsternis erkannte man nur das schwache Licht einer Laterne, die an der Wagendeichsel befestigt war und deren trüber Lichtkegel als matte Scheibe auf dem Schlamm tanzte.

»Ist Ihnen kalt?«

»Danke, nein.«

Sie fuhren nicht auf einer Straße, sondern auf einem Feldweg, der so tiefe Radspuren aufwies, dass Jef zweimal absteigen und in die Speichen greifen musste, um den Wagen wieder flottzumachen. Es war kalt. Der Frost ging Edmée durch Mark und Bein. Die Fahrt schien ihr unendlich lang, viel länger als der in der Lokalbahn verbrachte Tag.

»Ist es noch weit?«

»In einer Viertelstunde sind wir in unseren Ländereien.«

Nach dem Gehölz kamen sie durch eine Niederung, die durch Pappelreihen in Rechtecke aufgeteilt wurde. Dann stieg der Weg leicht an, und sie überquerten den Kanal, den Edmée schon gesehen hatte. Der in Erdwällen eingebettete Wasserlauf lag höher als die Wiesen. Ganz in der Ferne sah man einen Lastkahn.

»Haben Sie keinen Hunger? Sprechen Sie Flämisch?«

»Nein.«

»Schade.«

Er verfiel einige Minuten in Schweigen.

»Die Sache ist nämlich die, dass meine Mutter und meine jüngeren Schwestern kein Französisch können.«

Als der Wagen plötzlich einen Ruck machte, fiel Edmée gegen die Schulter ihres Cousins. Ein fürchterlicher Schreck durchfuhr sie, und sie richtete sich schnell wieder auf.

»Dort drüben ist es!«

Inmitten der von Pappeln gesäumten Rechtecke schimmerte in der Ebene ein winziges Licht. Es kam aus einem Fenster des ersten Stocks. Aus größerer Nähe zeichneten sich Schatten hinter den Vorhängen ab. Knarrend hielt der Wagen vor einer Tür.

»Ich bringe Sie hinein. Wir gehen durch den Hof.«

Das Pferd trottete allein auf die Ställe zu, und Jef schlug einen Weg ein, der an einer Hecke entlangführte. Zweige streiften Edmées Gesicht. Sie war wie blind. Als er eine Tür öffnete, machte sie gerade eben einen rötlichen Lichtschein aus. Im selben Augenblick warf sich ihr eine dürre, äußerst aufgeregte Frau an den Hals, drückte sie in ihre Arme, nässte ihr das Gesicht mit ihren Tränen und stieß dabei flämische Worte aus.

Edmée rührte sich nicht, blieb kerzengerade stehen, blickte über die Schulter der Frau hinweg in die Küche, die nur vom Kaminfeuer erhellt wurde. Da und dort erkannte sie winzige Gestalten, kleine Mädchen, die auf Schemeln saßen, starr vor sich hin blickten oder weinten.

Ein fremder Geruch schlug Edmée entgegen: ein starker Geruch nach Sauermilch, Speck und verbranntem Holz.

Endlich ließ die Frau sie los, umarmte Jef, stammelte voller Verzweiflung dieselben Worte. Die Tür stand offen. Der Wind blies Regenschwaden in die Küche. Ein Holzscheit fiel in sich zusammen.

»Papa!«, murmelte der Bursche mit dem dicken Kopf und blickte wie benommen vor sich hin

Dann, ohne seine Cousine anzusehen, stieß er aus:

»Papa ist gestorben! Genau in dem Augenblick, als Sie kamen.« Drei Tage lang ging alles drunter und drüber, man lebte im Schlamm, im ständigen Durchzug des Hauses, das ganz aus den Fugen geraten war. Nur Edmée beobachtete alles kühl und unbeteiligt.

Sie hatte ihren Onkel zu seinen Lebzeiten nie gesehen, und voller Neugier betrachtete sie ihn auf seinem Totenbett, beeindruckt von seinem langen rötlichen Schnurrbart. Im Totenzimmer begegnete sie zum ersten Mal ihrem ältesten Cousin Fred. Er hatte geweint. Das flackernde Kerzenlicht verzerrte seine Gesichtszüge mit den dicken Lippen und dem spröden, von Pomade klebrigen Haar.

Fred war einundzwanzig. Jef, der seine Cousine abgeholt hatte, war neunzehn. Ihre siebzehnjährige Schwester Mia gab unten den Kleinen zu essen, drei Mädchen, von denen das jüngste fünf war.

Die Mutter saß bald mit Mia, bald mit Jef irgendwo in einem Winkel. Sie weinte nicht. Sie klagte in einem eintönigen flämischen Singsang und redete auch verzweifelt auf Edmée ein, ohne zu merken, dass diese sie nicht verstand.

Von Anfang an entzog sich Edmée allen Annäherungen. Da ihre Cousinen sie mit ängstlicher Neugier betrachteten, richtete sie auch an sie kein Wort. Sie war hungrig und durstig, aber sie verlangte nichts zu essen und nahm erst um acht Uhr abends eine Schale Suppe zu sich.

Ein Unfall hatte den Tod des Onkels verursacht. Vor acht Tagen hatte ihn eine Kuh, die er schon lange schlachten wollte, mit ihren Hörnern am Oberschenkel verletzt. Die Wunde war nicht tief gewesen. Drei Tage lang hatte er gehinkt, dann war er bettlägerig geworden.

Als endlich der Arzt gerufen wurde, war es bereits zu spät. Der Wundbrand hatte sich über den ganzen Körper ausgebreitet. Edmée würde ihn nie kennenlernen. Aber da waren ja noch alle anderen, mit denen sie zusammenleben musste und die sie kühl und abschätzig beobachtete.

Ihre Mutter war bei ihrer Geburt gestorben. Nun hatte auch ihr Vater, ein Brüsseler Arzt, der sie sechzehn Jahre lang verhätschelt hatte, das Zeitliche gesegnet. Sie war arm, und ihr Vormund hatte sie zu Verwandten geschickt, zum »Onkel aus Neeroeteren«, wie man ihn in der Familie zu nennen pflegte, zu einem Onkel, den sie nie gesehen hatte und der im Kempenland viele hundert Hektar Land besaß.

Wie verstörte Ameisen nach der Vernichtung ihres Baus, verweint und rastlos, irrte die Familie des Onkels durch die Räume. Warum zündete man nur die Lampen nicht an? Das Bedrückendste war dieses Halbdunkel, das jede Form aufsaugte, sosehr sie auch die Augen aufriss, um die Gestalten im Dämmerlicht zu unterscheiden.

Nur das Büro wurde von einer Petroleumlampe mit einem rosaroten Lampenschirm erhellt. Der kalte Pfeifenrauch und der Geruch von violetter Tinte unterstrichen noch die penetrante Ausdünstung des Hauses. Cousin Fred, der Älteste, hatte sich hier häuslich eingerichtet und setzte Telegramme auf, an denen er eifrig feilte. Mitunter öffnete er die Tür einen Spaltbreit, um seine Mutter oder seinen Bruder etwas zu fragen.

Jef aber fuhr mitten in der Nacht mit seinem Wagen weg, und Edmée sah, wie er noch rauchende Kartoffeln, die er aus der Asche gefischt hatte, in seine Taschen stopfte. Mia brachte die Kleinen zu Bett, dann kam sie zu Edmée und sagte ein wenig gestelzt:

»Darf ich Ihnen jetzt Ihr Zimmer zeigen, Cousine?«

In dem nur von einer Kerze erhellten Raum mit Dachschrägen stand eine hohe Bettstatt mit einer gewaltigen

Daunendecke. Auch während der Nacht kam das Haus nicht zur Ruhe. Edmée hörte den Pferdewagen zurückkommen. Als sie aufstand, hatten sich unten viele Leute eingefunden, die ihr fremd waren. Vor allem war da ein sehr großer, kräftiger und ruhiger Mann in den Fünfzigern, der urbaner wirkte als die anderen. Fred sprach mit ihm und blickte dabei Edmée an.

»Du bist also Berthas Tochter«, sagte der Mann, ohne ihr die Hand zu reichen oder sie zu umarmen.

Wohlwollend betrachtete er sie von Kopf bis Fuß.

»Nun, ich hoffe, dass du dich mit deinen Cousinen gut verstehen wirst. Gleich zwei Tote in der Familie, und das innerhalb einer Woche!«

Das war Onkel Louis aus Maeseyck, der Zigarrenfabrikant, dessen Porträt Edmée früher oft in Brüssel im Fotoalbum gesehen hatte. Von diesem Zweig der Familie hatte sie nur verschwommene Vorstellungen, die fast schon ins Reich der Legende gehörten. Ihre Mutter war die Schwester der Tante gewesen, die nur Flämisch verstand, Onkel Louis war ihr Bruder, aber sie hatte nie in der Provinz Limburg gelebt, und seit sie in Brüssel verheiratet war, kam sie nur selten auf ihre Verwandten zu sprechen.

»Du bist ja schon in Trauer«, sagte der Onkel, »aber alle deine Cousinen müssen noch eingekleidet werden.«

In seinem Auto, einem altmodischen Wagen, der zehn Personen Platz bot, brachte er sie nach Neeroeteren. Edmée fuhr ebenfalls mit. Sie traten in die Küche eines niedrigen Hauses, wo Hühner auf den Stuhllehnen hockten. Eine dürre, etwa fünfzigjährige Frau saß an einer Nähmaschine. Als sie die schlimme Nachricht vernahm, brach sie in lautes Klagen aus, wollte die Kinder umarmen, auch Edmée, die sich steif wegdrehte, schließlich aber nahm sie doch Maß, suchte Stoffmuster und vergilbte Modehefte heraus.

Auf der Straße warteten schon andere alte Frauen, die die Kinder küssten und Edmée neugierig betrachteten.

Onkel Louis übernachtete in den Rieselungen. Am nächsten Tag kamen weitere Gäste, und am Tag darauf fand endlich die Beerdigung statt.

Nun sah Edmée das Gut bei Tageslicht. Das Haus war groß. Es umfasste unter anderem auch einen geräumigen Salon, den man nur öffnete, um den Pfarrer und einen Herrn aus Maeseyck, der einen Pelzmantel trug, zu empfangen.

Befremdet war Edmée, als sie entdeckte, dass sich gleich neben dem Salon eine Trinkstube befand, die so ärmlich eingerichtet war wie jede andere Landkneipe. Später sollte sie begreifen, dass sie unentbehrlich war, denn die Fuhrleute, die in den Feldern zu tun hatten, konnten sonst nirgendwo ihren Durst löschen. Immerhin brauchte man über zwei Stunden, um die Domäne zu durchqueren.

Das Gut bestand aus tiefgelegenen, von symmetrischen Pappelreihen durchzogenen Wiesen. Hier und da ein schwarzes Fichtenwäldchen, und schließlich die schnurgerade, etwas erhöhte Linie des Kanals, auf dem Lastkähne dahinglitten.

Die Beerdigung war ein denkwürdiges Ereignis. Schon um acht Uhr morgens standen über fünfzig Pferdewagen jeder Bauart und ein Dutzend Autos um das Haus. Während der ganzen Nacht hatte Jef in der Backstube

15

Brot gebacken. Erst in der letzten Minute wusch er sich und schlüpfte in seine Trauerkleider, während Fred die Gäste begrüßte. Mia arbeitete zusammen mit einer alten Dienstmagd in der Küche, wo lauter Töpfe auf dem Herd standen.

Die Kinder waren einem andauernd im Weg. Man schob sie bald dahin, bald dorthin. Alle sprachen Flämisch, alle seufzten und klagten, die Frauen falteten die Hände, neigten den Kopf zur Seite und jammerten in einem fort.

»Jesus Maria!«

Fred bat die Männer ins Büro und schenkte ihnen Bier ein. Edmée wurde dem einen oder anderen auf Flämisch vorgestellt, der dann mitleidig den Kopf schüttelte.

Um neun Uhr traf der Pfarrer ein. Es regnete immer noch, aber es goss nicht mehr in Strömen wie die Tage vorher. Der Leichenzug setzte sich langsam in Bewegung. Alles ging zu Fuß, hatte schwarze Regenschirme aufgespannt, auch der Pfarrer und die Diakone, deren blütenweiße Chorhemden wie Möwenflügel über die Wiesen flatterten.

Allmählich verklangen die liturgischen Gesänge und das Getrappel der Schritte im matschigen Boden, und die Frauen blieben allein mit den Kindern zurück. Ihre einzige Sorge galt jetzt dem Mittagessen. Ein Leichenschmaus für fünfzig Personen! Die Tische wurden ausgezogen. In Neeroeteren hatte man Stühle ausgeliehen. Zweimal brach Mia in Tränen aus, weil ihre Apfelkuchen nicht durchgebacken waren, aber wie durch ein Wunder färbte sich im letzten Augenblick die Kruste doch goldbraun.

Edmée war mit dem Tischdecken betraut worden. Ganz allein umschritt sie den fahlen weißen Tisch im großen Salon, der nun nicht mehr wiederzuerkennen war. Und ganz zum Schluss musste die jüngste der Cousinen angekleidet werden, die man so lange wie möglich hatte schlafen lassen.

Die Männer kamen erst um ein Uhr zurück, ihr Atem ließ darauf schließen, dass sie sich in der Dorfwirtschaft schon ein paar Gläschen genehmigt hatten. Fred spielte den Hausherrn, reichte die Tabaksdose und die Zigarrenkisten herum.

Die Frauen und Mädchen aßen in der Küche. Sie waren ständig auf dem Sprung, um nach dem Rechten zu sehen.

Es wurde alter Wein gereicht, und als Edmée gegen vier Uhr in den Salon trat, um die Lampen anzuzünden, stand dichter blauer Tabakqualm im Raum. Die meisten Gäste hatten sich bequem auf ihren Stühlen zurückgelehnt, ihre vom Leben in der frischen Luft und dem reichlichen Essen geröteten Gesichter zeichneten sich dunkel gegen die überweißen angeknöpften Kragen ab.

Es herrschte eine wohlige, herzliche, optimistische Stimmung. Inmitten der schmutzigen, als Aschenbecher verwendeten Teller standen nicht weniger als zehn Zigarrenkisten.

Als Edmée die drei Lampen anzündete, ließen die meisten Männer ihre schmale, feingliedrige Gestalt nicht aus den Augen.

Danach kehrte sie in die Küche zurück, wo die Tante unter Tränen einer eben eingetroffenen Alten ihr Leid klagte.

Um acht Uhr verabschiedete sich der letzte Gast, den

Onkel Louis in seinem Wagen mitnahm. Dann war das Haus wieder leer. Zwischen Freds dicken Lippen steckte eine letzte Zigarre. Mit glänzenden Augen durchschritt er den Salon, in dem jetzt großes Durcheinander herrschte. Als sein Blick auf Edmée fiel, sagte er laut:

»Ein schönes Begräbnis! Alle Honoratioren waren da, sogar der Bürgermeister von Maeseyck!«

Sein Blick verweilte auf den zarten Formen seiner Cousine. Er warf sich in die Brust und atmete schwer, denn man hatte einen Krug Genever nach dem anderen geleert.

»Wir zwei werden uns sicher gut verstehen!«

Er lächelte und machte sich daran, die Zigarrenkisten wie gewohnt wieder wegzuschließen.

Die Gäste waren gegangen, der Tote aus dem Haus. In der Küche spülten die Mädchen und die Magd das Geschirr, während sich die anderen, die Füße am Feuer, die Begräbniszeremonie, die Predigt und die Grabrede des Vorsitzenden der Bauerngenossenschaft in allen Einzelheiten ins Gedächtnis zurückriefen. Die Tante hörte zu, schnäuzte sich, vergoss ein paar Tränen und stellte weitere Fragen.

Erst um Mitternacht war das Geschirr gespült. Alle gingen schlafen, außer Jef, der zwei Kälber zum Rothemer Rindermarkt bringen musste und deshalb den grauen Gaul anspannte. Nachdem er mit seinen Kälbern im Wagen, die auf dem holprigen Weg ständig das Gleichgewicht verloren, losgefahren war, verschlang ihn die Nacht.

2

Es wurde beschlossen, dass Edmée und Mia zum Notar mitkommen sollten. Sobald die jüngeren Geschwister, die mit ihren Kapuzen und Holzschuhen wie Heinzelmännchen aussahen, auf dem Schulweg waren, zog Mia sich in ihrem Zimmer um.

Sie war ein grobknochiges, kräftiges Mädchen, dessen Gesicht und Gestalt irgendwie gegen die Gesetze der Symmetrie verstießen, wie es bei der ganzen Familie der Fall war, ohne dass man so recht hätte sagen können, wo der Fehler eigentlich lag. Saß vielleicht eine Schulter ein wenig tiefer als die andere, war nicht auch die Nase irgendwie schief? Die Abweichungen waren kaum sichtbar, aber sie genügten, um Mia ein bäurisches, unfertiges Aussehen zu verleihen.

Sie stand immer als Erste auf, weil sie die Kleinen anziehen musste, während die Magd in der Küche den Herd und den Ofen heizte. Mia schnitt auch die dicken Speckscheiben, über die sie, wenn sie in der Pfanne brutzelten, mit dem Schöpflöffel den Buchweizenbrei goss.

Die jungen Männer standen erst auf, wenn der warme Duft der frischgebackenen Fladen durch das Haus zog, und wenn sie herunterkamen, trabten die drei Jüngsten im grauen Licht des anbrechenden Tages bereits zur Schule.

Dies war ein ganz besonderer Morgen. Jeder war in

seinem Zimmer mit dem Anziehen beschäftigt, und die Tante rief im Flur nach jemandem, der ihr das schwarzseidene Mieder zuhaken könnte. Mia, die sich so gründlich gewaschen hatte, dass ihr Gesicht rosig glänzte, und die ausnahmsweise ihr Haar streng zurückgekämmt trug, trat in Edmées Zimmer.

»Sagen Sie, Cousine, ist meine Frisur so in Ordnung?« Sie hatte dickes, glanzloses braunes Haar.

»Sehr hübsch«, entgegnete Edmée ihr gleichgültig.

»Stimmt das auch? Sagen Sie das nicht nur, um mich nicht zu kränken?«

Zum Flur öffnete sich eine Tür. Heraus trat Fred, auch er mit gerötetem Gesicht und pomadeglänzendem Haar. Er trug ein weißes Oberhemd mit frischgestärkter Hemdbrust. Er war wütend. Er warf Mia einen fleckigen Kragen zu und schrie sie auf Flämisch an. Sie schimpfte ebenso lautstark zurück, und bald kam es zu einem regelrechten Streit. Fred ließ nicht locker. Plötzlich gab er seiner Schwester eine so kräftige Ohrfeige, dass ihr die Luft wegblieb. Es dauerte eine ganze Weile, bis sie in Tränen ausbrach.

Dann riss sie sich das Kleid herunter, hob den Kragen auf und ging im Unterrock nach unten, während ihr Bruder in sein Zimmer zurückkehrte.

Als Edmée in die Küche trat, war Mia, immer noch in ihrem rosa Unterrock, damit beschäftigt, einen frischen Kragen zu bügeln.

Sie bestiegen den vierrädrigen Wagen, dessen zwei Sitzbänke hintereinander befestigt waren. Jef spannte an. Wie die anderen hatte auch er sich in Schale geworfen, und sein großer Kopf, der aus einem Zelluloidkragen herausragte und auf dem eine schwarze, wenig kleidsame Wollmütze saß, wirkte noch mächtiger und gröber als sonst. Aber diesmal ergriff Fred die Zügel. Seine Mutter, die sich mit ihren Handschuhen und dem Schleier unbehaglich fühlte, saß während der ganzen Fahrt steif und wortlos neben ihm.

Der Regen hatte endlich aufgehört. Der Wind drehte auf Nordost, und die Landschaft erglänzte in einem harten, kalten, strahlend weißen Licht.

»In einer Woche werden wir Schnee haben«, erklärte Fred und wandte sich zu seiner Cousine um.

Man spürte den nahenden Winter. In den Handschuhen wurden die Fingerspitzen taub vor Kälte, und alle schnäuzten sich ohne Unterlass. Sie kamen durch Neeroeteren, ein kleines flämisches Dorf am Kanal, ein winziger Marktflecken mit Kopfsteinpflaster und niedrigen, düsteren Häusern.

Das Land war in alle Richtungen gleich flach, und außer einigen Fichtenwäldchen sah man nur eine Baumsorte: die Pappeln, die die Landschaft in Rechtecke unterteilten.

Vor dem Haus des Notars in Maeseyck nahm die Tante Fred am Arm. Auch Onkel Louis war eingetroffen. Er saß bereits im Empfangszimmer, rauchte eine Zigarre und schlürfte ein Gläschen Schiedamer. Der Notar, beleibt und liebenswürdig wie ein Domherr, begegnete dem Fabrikanten mit einer bemerkenswerten Hochachtung.

Edmée fiel auf, dass der Onkel elegante Schuhe aus Ziegenleder und einen gutgeschnittenen Anzug trug. Er sprach mit dem Selbstbewusstsein eines Mannes, dem man immer aufmerksam zuhört.

21

Auch das folgende Gespräch wurde auf Flämisch geführt, nur hier und da streute jemand ein französisches Wort ein, um einer Bemerkung besonderen Nachdruck zu verleihen.

Das Empfangszimmer mutete in seiner peinlichen Sauberkeit geradezu klösterlich an. Die Möbel waren auf Hochglanz poliert, in der Mahagoniplatte des Tisches konnte man sein Spiegelbild sehen. An der Wand hingen zwei große Fotografien von Priestern, den beiden Söhnen des Notars.

Dieser las mit gemessener Langsamkeit die Dokumente vor, sah hin und wieder zum Onkel auf, um sich seines Einverständnisses zu vergewissern. Fred hörte aufmerksam zu, ließ sich den einen oder anderen Satz wiederholen, während Jef unbeteiligt seine Mütze glatt strich.

Die Mutter saß geistesabwesend da, wie schon im Wagen und zu Hause. Sie hatte die Fähigkeit, sich ihrer Umwelt völlig zu entziehen, und wenn es sein musste, konnte sie stundenlang kerzengerade in derselben Haltung verharren, ein trauriges, höfliches Lächeln auf den Lippen. Niemand hätte ihre Züge beschreiben können, in dem ausdruckslosen Gesicht sah man nur farblose, fügsame Augen und jenes eigentümliche Lächeln, das jedem recht gab.

Edmée, die nichts von dem, was um sie vorging, verstand, betrachtete vor allem Fred und Jef, verglich die beiden miteinander, prägte sich jede Einzelheit ein, wie die Narbe an Jefs Unterlippe und das Heftpflaster an Freds Hals, das sicher ein Furunkel verdeckte. War nicht dieses Furunkel die Ursache für das Kragendrama und Mias Abwesenheit?

Die Unterredung zwischen den Männern verlief gemächlich. Papiere gingen von Hand zu Hand. Schließlich standen alle auf, um ihre Unterschrift darunterzusetzen, sogar Jef, der nicht recht wusste, wie er mit dem Federhalter umgehen sollte. Fred aber schien sehr zufrieden, und Edmée begriff, dass sich die Situation zu seinen Gunsten verändert hatte.

Das Mittagsmahl wurde bei Onkel Louis eingenommen, der mit seiner Frau, einer schönen, sanften und rundlichen Flämin mit schlohweißem Haar, allein lebte. Das Haus war ebenso sauber, aber kostbarer eingerichtet als das des Notars. Bei Tisch erklärte Fred seiner Cousine:

»Alle Fragen, den Nachlass betreffend, sind jetzt geregelt. Mein Vater wollte nicht, dass der Besitz zerstückelt würde, und hat in seinem Testament meine Geschwister aufgefordert, auf ihren Anteil zu verzichten. Als Gegenleistung verpflichte ich mich, für ihr Auskommen zu sorgen.«

Blickte Jef nicht finsterer drein als sonst? Das war schwer zu sagen, denn in seinen neuen Kleidern wirkte er geradezu grotesk.

Zum Mittagessen gab es gebratene Tauben. Völlig grundlos sollte Edmée später daran zurückdenken. Nach dem Essen vergoss die Tante noch ein paar Tränen, dann stieg man wieder in den Wagen. Wie bei der Hinfahrt wurde auch auf dem Rückweg kein Wort gesprochen. Die Nacht fiel ein, und Edmée fror in ihrem dünnen Mäntelchen. Hinter Neeroeteren holten sie die kleinen Mädchen ein, die von der Schule zurückkehrten. Im Wagen war kein Platz mehr für sie, und so fuhren sie, ohne anzuhalten, an den drei kapuzentragenden Gestalten vorüber, die durch die unermessliche Leere der Landschaft heimwärts strebten.

Zu Hause erwartete Edmée eine Überraschung. Ihr Gepäck war angekommen. Es handelte sich eigentlich gar nicht um wirkliches Gepäck, sondern um allen möglichen Krimskrams, der nach dem Tod ihres Vaters in ihrem Besitz bleiben sollte, während man das Übrige auf Anraten ihres Vormunds zur Versteigerung weggegeben hatte.

Zuerst aber wurde gegessen. Abends gab es immer die gleiche Mahlzeit: Suppe, dann Kartoffeln mit Sauermilchsoße, deren Geruch nach sechs Uhr abends das Haus durchzog. Fred zündete im Salon eine Lampe an, denn dort hatte man die Kisten und Koffer abgestellt.

»Ich helfe dir«, sagte er.

Die anderen hatten sich bereits der neuen Kleider entledigt, doch er behielt seine schwarze Hose, sein gestärktes Hemd und den Kragen mit den abgeschrägten Spitzen an. Beim Öffnen der ersten Kiste drängten sich alle um ihn, selbst die Tante, ja, sogar Mia, obwohl sie Fred eigentlich die kalte Schulter zeigte.

Die Dinge, die man im Chaos des verwaisten Brüsseler Hauses eingepackt hatte, kamen hier in einer so anderen Atmosphäre ans Licht, dass sie kaum wiederzuerkennen waren. Ein Porträt von Edmées Mutter war mit granatfarbenem Samt umrahmt Mia betrachtete es lange und sagte dann im Brustton der Überzeugung:

»Das war eine schöne Frau!«

Vor allem war sie ganz anders als die Leute hier! Genau wie Edmée! Ein sehr zartes Gesicht, ein langer, biegsamer Hals.

»Was für ein schönes Kleid!«, rief Mia bewundernd.

Bei jedem neuen Stück brachen alle in entzückte Ausrufe aus. Fred interessierte sich besonders für das chirurgische Besteck, das Edmées Vater gehört und das ihr Vormund aus unerfindlichen Gründen mit eingepackt hatte. Seine dicken Finger spielten mit den scharfen, wie Juwelen schimmernden Instrumenten.

»Was willst du damit anfangen?«

Seine Augen glänzten gierig. Auch er konnte nichts damit anfangen, aber man spürte förmlich, welchen Genuss es ihm bereitete, über den feinen Stahl im schwarzen Samtfutteral zu streichen. Ohne ihn eines Blickes oder einer Antwort zu würdigen, nahm Edmée das Besteck an sich.

Ein kleines Kästchen enthielt goldene Ringe und alten, wertlosen Schmuck, dessen kostbarste Verzierungen kleine Rubine waren. Mia steckte sich einen Ring an den Finger. Mit derselben kühlen Entschlossenheit wie vorher nahm Edmée ihn ihr weg.

Ihren Cousins und Cousinen erschien sie nun als ein außergewöhnliches Wesen. Mia schob die Kleinen zur Seite, denn sie war nicht weniger als die anderen darauf erpicht, alles zu sehen und anzufassen, vor allem die Kleider. Eines war aus hellblauem Satin mit kleinen Rüschen. Edmée hatte es im Vorjahr bei der Preisverleihung in der Schule getragen. Sie sollte es gleich vorführen.

»Später, wenn ich keine Trauer mehr trage.«

Was war da noch? Ein Reisenecessaire mit Kristallfläschchen, eine handgestickte Klavierdecke, eine Bronzeschale, sicher ein Geschenk. In einer Kiste befanden sich dicke medizinische Bücher mit anatomischen Zeichnungen in Blau, Rot und Gelb.

»Was willst du denn damit machen?«, fragte Fred. »Sie gehören mir!«

»Wir könnten sie in den Bücherschrank stellen.«

Dieser befand sich im Büro und enthielt nur Schulpreise der Kinder, Lieferscheine, alte Zeitschriften und einige zerfledderte Bücher.

»Nein, ich will sie in meinem Zimmer haben.«

Die Tante mischte sich auf Flämisch in das Gespräch: »Lass ihr ihren Willen, Fred!«

Edmée legte alles wieder in die Kisten und Koffer zurück. Immerhin entschloss sie sich dazu, einige Kleinigkeiten zu verschenken, doch tat sie es ohne Herzlichkeit, nach reiflicher Überlegung. Mia bekam ein Messbuch, aus dem Heiligenbilder herausfielen, und da es zu viele waren, teilte sie die Hälfte der Bilder unter den kleinen Mädchen auf.

»Ich will alles in meinem Zimmer haben«, verkündete sie, als sie fertig war.

Jef kauerte in einem Winkel und schnitzte an einem Stück Holz. Edmée rief ihm zu:

»Du bringst doch mein Gepäck hinauf, Jef?«

Seine Dienstfertigkeit und Unbeholfenheit nötigten ihr ein Lächeln ab. In dieser Nacht würde Mia sicher von einem blauen Satinkleid und von den Ringen im Kästchen träumen!

Am nächsten Morgen gab Fred bekannt, dass er in geschäftlichen Angelegenheiten nach Hasselt und vielleicht auch Brüssel fahren würde. Edmée hatte ihren Onkel zu seinen Lebzeiten nicht gekannt, aber sie spürte, dass Fred seine Nachfolge angetreten hatte und ihn alle von heute auf morgen als das Familienoberhaupt behandelten.

Vor allem die Tante benahm sich gegenüber Fred so unterwürfig, dass jeder genau wusste, wer jetzt der Herr im Haus war. Niemand erkundigte sich nach den Gründen für diese Reise. Mia bügelte ihm drei Hemden und war ihm beim Anziehen behilflich. Jef spannte den grauen Gaul an. Bevor Fred in den Wagen stieg, gab er jedem genaue Anweisungen, die das Gut betrafen. Dieses befand sich auf einem großen Polder. Das sandige Gelände lag unter dem Meeresspiegel und war von Deichen und zahlreichen Kanälen eingefasst. Diese waren durch Schütze miteinander verbunden, die man beliebig öffnen oder schließen konnte, um das eine oder andere Landstück zu fluten.

Es wurden Zuckerrüben für das Vieh angebaut. Man hielt etwa dreißig Kühe, außerdem Hühner, Gänse und Truthähne. Aber das wichtigste Erzeugnis, die Existenzgrundlage der Rieselungen, war das Heu, das jedes Frühjahr waggonweise abtransportiert wurde.

Bei der Hausarbeit halfen ein alter Knecht und seine Frau, die in einer Hütte neben den Stallungen wohnten. In den Wiesen befanden sich in regelmäßigen Abständen weitere Häuschen für die Feldhüter. Jedem oblag ein bestimmter Sektor, und samstags fanden sie sich alle im Büro ein, um Anweisungen entgegenzunehmen und sich ihren Lohn zu holen.

Im trüben Dezemberlicht schienen sich die Wiesen ins Unendliche auszudehnen, und der schnurgerade Kanal, der das streng geometrisch angelegte Gelände zweiteilte, verlieh dieser ohnehin schon herben Landschaft eine ausgeprägte Nüchternheit.

Gegen zehn Uhr kehrte Jef aus Neeroeteren zurück,

wo er Fred an der Lokalbahn abgesetzt hatte. Edmée sah, wie er ausspannte, etwas aus dem Wagen nahm und auf das niedrige Gebäude zuging, das sich ganz hinten im Hof befand. Dieser uneinheitliche Bau gleich neben der Backstube hatte früher wohl als Schuppen gedient, und auch jetzt befanden sich darin noch Reisigbündel, eine Sichel, ein Schemel und Seile. Edmée trat kurz nach ihrem Cousin ein, der mit dem Rücken zur Tür vor einem Tannenzapfenfeuer kauerte.

»Was machst du da?«, fragte sie.

Anfangs wollte er das, was er in der Hand hielt, vor ihr verbergen, doch dann überlegte er es sich anders und rückte zur Seite. Auf den verstaubten Steinen am Boden sah sie ein kleines totes Tier, dessen Bauch eben aufgeschlitzt worden war.

»Was ist das?«

»Ein Eichhörnchen.«

Er deutete mit dem Finger auf eine der vor langer Zeit verputzten Wände. Auf kleine Holzbretter hatte dort jemand zwanzig Felle gespannt, sie mit Nägeln an den gespreizten Pfoten befestigt, während die schönen langen Schwänze frei herabhingen.

»Was macht man damit?«

Er zuckte die Achseln und fischte mit seinem Messer eine Kartoffel aus der heißen Asche.

»Nichts. Ich weiß nicht.«

»Gibt es hier viele?«

»Heute Morgen habe ich zwei gesehen, aber eins habe ich nicht gekriegt.«

Sie stand aufrecht, während er am Boden kauerte. Als sie zu ihm hinabblickte, ließ eine ganz neue Empfindung ihren Körper erstarren, sie fühlte eine seltsame Angst, die sich ihr schwer auf die Brust legte und ihr den Boden unter den Füßen wegzog, und doch wollte sie sie nicht vertreiben, indem sie einfach wegging.

»Mach weiter!«

Er nahm wieder sein Messer zur Hand, um das Tier auszuweiden. Mit der Spitze holte er die Gedärme heraus. Seine klobigen Hände waren blutbespritzt. Edmée rührte sich immer noch nicht von der Stelle, doch als das Fell herunterglitt und eine zweite, sehr feine, bläuliche Unterhaut zum Vorschein kam, musste sie sich an den Türpfosten lehnen.

Jef ließ nicht die geringste Gemütsbewegung erkennen. Seine unebenmäßigen Gesichtszüge blieben ruhig. Er trug einen alten Anzug, ein kragenloses Hemd, Holzschuhe, und diese bäuerliche Tracht stand ihm viel besser zu Gesicht als die neuen Kleider.

»Willst du keine Kartoffel? Das wärmt einen auf!«

Mit der Hand, die eben noch in die Gedärme der Tierleiche gefasst hatte, reichte er ihr eine Kartoffel, und Edmée nahm sie, ohne selbst so recht zu wissen, warum sie es tat. Sie ekelte sich davor, und doch überwand sie ihren Ekel und erschauerte, als sie rote Spritzer auf der aschgrauen Schale wahrnahm. Ohne sie anzublicken, nagelte Jef eine Pfote an eine Ecke des Brettchens. Er beugte sich so tief über das Feuer, dass er sich eine Haarsträhne versengte.

Mit starrem Blick biss Edmée unvermittelt in die Kartoffel. Sie behielt den Bissen im Mund, doch die übrige Kartoffel warf sie mit einem Wutschrei von sich und rannte zum Haus. Dabei empfand sie jene Angst, die einen packt, wenn man nachts im Freien plötzlich eine unsichtbare Gefahr spürt und nur noch weglaufen will. Erst in der Küche spuckte sie den Bissen aus. Mia, die am Fenster saß und nähte, sah sie verwundert an:

»Was hast du denn?«

»Nichts.«

Sie wollte nicht sprechen. Sie war rasend! Sie setzte sich an den Kamin, das Kinn in die Hände gestützt, und blickte reglos ins Feuer, bis ihr die Augen brannten.

Das Grausen, das sie einen Augenblick lang mit solcher Gewalt übermannt hatte, wirkte in ihr in langsam abklingenden Wellen weiter, so ähnlich, wie wenn man einen Stein ins Wasser geworfen hat. Sie wurde immer wieder von Angstschauern geschüttelt. Zwischen den Anfällen machte sie sich klein, und um dem Einbruch des Grauens eine geringere Angriffsfläche zu bieten, presste sie die Ellbogen zusammen und schlug die Beine übereinander.

Als der letzte Schauer, nur noch ein schwaches Beben, vorüber war, stellte sie sich wieder das Eichhörnchen vor, fürchtete, noch einmal zu erschauern, doch dann verfiel sie in dumpfe Gleichgültigkeit.

Bis zum Mittagessen sprach sie kein Wort mehr. Bei Tisch hob sie die Augen, um Jef anzusehen, der sich nicht einmal die Hände gewaschen hatte.

»Sag mal, Jef, schenkst du mir die Felle, um einen Mantel daraus zu machen?«

»Es sind zu wenig.«

»Du wirst schon noch mehr zusammenbringen.«

»Was für Felle?«, wollte Mia wissen.

»Eichhörnchenfelle.«

»Aus Eichhörnchenfellen macht man keine Mäntel.«

Edmée wurde leichenblass und entgegnete gereizt:

»Und wenn ich nun einen Eichhörnchenmantel will?«

Die Tante, die kein Französisch verstand, sah sie hilflos an. Sie schien ständig auf ein Unglück gefasst und machte sich so klein wie möglich. Auf ihren Lippen zeichnete sich ein klägliches Lächeln ab, als versuchte sie, das Schicksal zu entwaffnen.

Sie hatte neun Kinder geboren, von denen drei gestorben waren. Sie war erst fünfundvierzig und schon völlig formlos. Schüchtern fragte sie Jef, was seine Cousine gesagt habe, und als dieser ihr vom Eichhörnchenmantel erzählte, lächelte sie Edmée wohlwollend zu.

Die Teller standen auf dem blanken Holz. Jef ließ sich auf seinen Sitz fallen und verschlang, die Ellbogen auf den Tisch gestützt, in Windeseile drei Teller Suppe. Mittags kamen die Kleinen nicht nach Hause, sondern aßen ihre Butterbrote in der Schule.

»Nähst du denn nie?«, fragte Mia, um das Schweigen zu brechen.

»Nähen hasse ich!«

»Hier gibt es immer was zu nähen. Gerade mache ich Schürzen.«

Edmée sah sie mit bösen Augen an, denn sie erriet, was Mia eigentlich sagen wollte. Was würde sie denn tun, wenn sie nicht nähte und auch nicht in der Küche half?

»Ich will Medizin studieren wie mein Vater.«

»Medizin kann man nur an der Universität studieren, und in Neeroeteren gibt es keine.«

»Dann studiere ich eben ganz allein. Ich habe alles, was ich dazu brauche.«

Sie sprach mit solchem Nachdruck, dass keiner weitere Einwände wagte. Zum Beweis, dass sie es ernst meinte, ging sie gleich nach dem Essen auf ihr Zimmer, holte einen der Folianten und setzte sich damit an den Kamin. Die Tante spülte ab, und Mia nahm am Fenster ihre Näharbeit wieder auf.

Der weißliche Himmel deutete auf Schnee. Irgendwie wirkte seine Farbe zwielichtig. Kalte Luftströme drangen durch die Türritzen in den Raum. Jef, seine Mütze auf dem Kopf, schnitzte an einem Stück Holz.

»Was willst du denn daraus machen?«

»Ein neues Ding, um Kaninchen zu fangen.«

»Erklär's mir.«

»Kann ich nicht. Du wirst's ja sehen.«

Sie hatte ihr medizinisches Buch irgendwo aufgeschlagen und hatte nun die Darstellung eines von Krebs zerfressenen Magens vor Augen. Sie hatte keine Lust zu lesen oder die Abbildungen anzusehen. Aber sie wollte auch nicht abspülen, vor allem aber wollte sie nicht wie Mia rotkarierte Baumwollschürzen nähen.

»Ich geh mal nachsehen, ob das große Schütz repariert ist!«, sagte Jef und stieß die Tür auf.

Edmée wäre ihm gern gefolgt, aber es kränkte sie, dass er sie nicht dazu aufgefordert hatte. Sie tat, als würde sie sich in ihre Lektüre vertiefen. Wörter zogen vor ihren Augen vorbei, ohne dass sie ihre Bedeutung verstand. Das Holzfeuer durchwärmte sie, ihre Beine wurden heiß, das Blut stieg ihr in die Wangen. Die Tante räumte das Geschirr in den Schrank, Mia strich den steifen Baumwollstoff glatt.

Als die Küche fertig aufgeräumt war, holte sich auch die Tante eine Handarbeit – sie strickte einen Schal – und nahm auf der anderen Seite des Kamins, Edmée gegenüber, Platz. Sie konnte mit ihrer Nichte nicht sprechen. So verzog sie nur, wenn sie die Augen hob, den Mund zu einem kleinen traurigen aufmunternden Lächeln, dann sprach sie ein wenig mit Mia, die mit einer merkwürdig gepressten Stimme antwortete, weil sie Stecknadeln im Mund hatte.

Im Kamin prasselten die Flammen, das Feuer begann gleichmäßig zu summen, draußen blies der Nordostwind über die weiten Flächen und bog alle Pappeln im gleichen Winkel herab.

Edmée blätterte keine Seite um. Sie dachte an das Eichhörnchen, wollte das Bild der Tierleiche vor ihren Augen erstehen lassen, aber der Schauer, den sie am Morgen empfunden hatte, stellte sich nicht wieder ein, auch nicht die eigentümlichen Wellen, die in ihrem Körper allmählich verebbt waren, bis nur noch eine kaum merkliche Anspannung der Muskeln zurückgeblieben war.

3

Man schrieb den 31. Dezember. Seit drei Tagen war der Himmel dunkler als die Erde, denn vom Haus bis zum Horizont war über die Welt eine Schneedecke gebreitet. An jenem Morgen schneite es nicht mehr, aber als Edmée aufwachte, waren Eisblumen an den Fenstern.

Die kleinen Mädchen hatten Ferien, sie saßen auf dem Fußboden am Feuer, tauschten Stoffreste aus und hielten sich ernsthafte Reden. Die zwölfjährige Bertha half ihrer Mutter beim Backen der Neujahrswaffeln. Schon seit über zwei Stunden wurden ohne Unterlass Waffeleisen mit süßem Teig gefüllt, und von Zeit zu Zeit zählte jemand befriedigt die Waffeln, die zum Abkühlen auf Holzlatten lagen.

Zehn Minuten lang hatte auch Edmée Teig in die Eisen gefüllt, doch dann wurde sie es leid. Ruhelos ging sie in der Küche auf und ab. Wenn sie zu nahe an den Ofen kam, schlug ihr die Gluthitze ins Gesicht, ging sie aber zur Tür oder ans Fenster, so spürte sie einen eisigen Luftzug, der durch alle Ritzen hereindrang.

Mia, die oben damit beschäftigt war, die Zimmer sauber zu machen, rief über die Treppe:

»Edmée!«

Edmée fand sie nicht in ihrem Zimmer, sondern in dem von Fred. Mia tat sehr geheimnisvoll und war erregt.

»Ist Fred noch im Büro?«

Seit dem frühen Morgen hatte er sich dort eingeschlossen, um bald auf Briefbögen, bald auf Visitenkarten seine Neujahrsgrüße abzufassen.

»Schau mal her!«

Als Mia den Anzug ihres Bruders ausbürstete, hatte sie in einer Tasche ein Foto gefunden, das sie Edmée hinhielt. Ein Porträt, von einem Kleinstadtfotografen aufgenommen. Im Hintergrund prangte eine Pappsäule, im Vordergrund saß eine lächelnde Frau, die ihren kleinen Finger neckisch unter das Kinn hielt. Sie war noch jung, aber drall und gewöhnlich. Vor allem hatte sie einen üppigen Busen, der sich unter der hellen Seidenbluse straffte.

»Deshalb also fährt er so oft nach Hasselt«, erklärte Mia und schüttelte sich vor Lachen.

»Sie ist hässlich«, bemerkte Edmée kühl und gab ihrer Cousine das Foto zurück.

»Das finde ich nicht. Fred hat nie hässliche Mädchen, und an jedem Finger hat er zehn.«

Abgesehen von der Pfeife, dem Spazierstock und den aufgehängten Kleidern, die keinen Zweifel daran ließen, dass es sich um das Zimmer eines Mannes handelte, glich der Raum allen anderen. Mia war hier ganz in ihrem Element. Eben bürstete sie eine Hose aus, die vom häufigen Tragen schon glänzte. Edmée dagegen fühlte sich instinktiv abgestoßen, sie atmete mit eingezogenen Nasenflügeln, weil es ihr hier nach Mann zu riechen schien.

»Sie sind alle in ihn verliebt«, behauptete Mia strahlend.

»In Neeroeteren ist eine, die Bäckerstochter, die fast jeden Sonntag bis hierher wandert, nur um ihn zu sehen. Du hast sie sicher schon bemerkt. Es ist die mit dem großen Busen …«

Edmée verließ das Zimmer nicht, doch irgendetwas in der Luft brachte sie auf. Hatte sie etwas gegen Fred, wie Mia meinte? Seit ihrer Ankunft war er schon dreimal nach Rasselt gefahren. Jedes Mal hatte er dort übernachtet, und bei seiner Rückkehr trug er eine Siegermiene zur Schau. Er kümmerte sich kaum um Edmée. Er traf die Frauen anderswo, so viele er nur wollte. Er war ein sinnlicher Mensch mit dicken Lippen, glänzenden Augen, er hatte heißes Blut, das man unter seiner Haut pulsieren sah. Unwillkürlich musste Edmée jedes Mal an Fred denken, wenn sie in ihren medizinischen Büchern mit zusammengeschnürter Kehle Absätze über den Geschlechtsverkehr las.

»Das muss man ihm lassen, er ist ein schöner Mann!«, sagte Mia, während sie die Sachen ihres Bruders aufräumte.

»Das finde ich nicht. Ich würde mich vor ihm ekeln. Außerdem ist er schon zu dick.«

Eigentlich nicht wirklich dick, eher massig, speckig, aus zu hartem Stoff gemacht, der starke männliche Gerüche ausdünstete.

»Wer kommt denn da?«

Man hörte, wie jemand sein Fahrrad draußen an der Mauer abstellte, dann vernahm man Stimmengemurmel. Mia öffnete die Tür, lauschte und rief:

»Schnell! Schnell! Eislaufen …«

Die freudige Nachricht wurde von einem Knecht überbracht, der von weit her, von den Feldern, die am weitesten von der Eisfläche entfernt waren, angeradelt kam. Fünf Minuten später tummelte sich alles in der Küche. Sogar Fred hatte seine Neujahrsgrüße liegenlassen. Jef zog einen schweren grünen Schlitten aus dem Schuppen. Keiner dachte mehr an die Waffeln, die Kälte war vergessen. Türen wurden auf- und zugeschlagen, es zog überall.

Die Kinder drängten sich im Wagen aneinander, der Atem gefror zu kleinen Dunstwölkchen. Die eiskalten Wangen leuchteten rot. Trotz der Enge im Wagen zogen die Kleinen schon ihre holländischen Holzschlittschuhe mit den schmalen, niedrigen Kufen an.

Die Art, wie die Nachricht überbracht wurde, und die nachfolgenden fieberhaften Vorbereitungen hatten etwas Berauschendes. Jef schlug mit der Peitsche auf das Pferd ein, das den Kopf schüttelte. Als sich die Räder in Bewegung setzten, flogen zu beiden Seiten Schneeklumpen auf.

Vom gleichmäßig grauen Himmel löste sich mitunter noch eine Schneeflocke, eine landete auf Edmées schwarzem Schal. Da sie für den Winter nicht richtig ausgerüstet war, blieb ihr nichts anderes übrig, als sich wie ihre Cousinen zu kleiden: Sie trugen einen schweren schwarzen Schal, dessen Zipfel nach hinten gezogen und auf dem Rücken verknotet wurden, sodass der Oberkörper aufgeblasen und geradezu disproportioniert erschien.

Nur Mia hatte einen einst roten Schal, den man hatte nachfärben müssen und der jetzt lila war. Die Tante war von einem Mädchen zum anderen gegangen und hatte die Schals verknotet. Aber sobald Edmée im Freien war, machte sie den Knoten auf und trug ihren Schal locker über die Schulter geworfen.

»Ist dir nicht kalt?«, fragte Mia.

»Nein.«

Die Gesichtshaut war gespannt, die Augen brannten. Kurz vor dem Dorf kam dann eine mehrere Hektar große Wiese in Sicht, auf der in der vorigen Woche noch zehn Zentimeter Wasser gestanden hatten. Inzwischen war es gefroren und bildete eine weite Eisfläche, auf der es schon von Menschen wimmelte.

Da waren alle Kinder von Neeroeteren, Buben und Mädchen, auch sie mit verknoteten Schals. Die meisten liefen Schlittschuh, manche hatten aber auch niedrige Schlitten, einfach Kisten mit zwei Eisenkufen. Sie kauerten auf ihren Schlitten und stießen sich mit zwei spitzen Stöcken ab, sodass sie aussahen wie Krüppel ohne Beine.

Nachdem der Wagen angehalten hatte, rasten alle los. Nur Jef und Fred blieben zurück, um den Schlitten vom Wagen zu ziehen. Dann stürzte auch Jef auf seinen Schlittschuhen davon. Er rannte so schnell und mit solcher Kraft, dass man befürchten musste, er würde die Kinder wie Kegel umreißen.

»Willst du's mal versuchen?«

Edmée, die nicht eislaufen konnte, setzte sich auf den Schlitten. Er sah wirklich genauso aus wie der auf dem bunten Bild, das daheim in Brüssel eine holländische Kakaodose geschmückt hatte. Doch auf der Dose hatte die Dame Pelze getragen, und ihre Hände steckten in einem riesigen Muff auf ihrem Schoß, ihr Kavalier hatte eine Otterfellmütze auf dem Kopf gehabt.

Das waren erregende Minuten. Sie sausten über das Eis. Edmée konnte Fred nicht sehen, der den Schlitten hinter ihr anschob, aber sie hörte ihn keuchen. Plötzlich raste Jef auf sie zu, bog im letzten Augenblick ab, umkreiste den Schlitten zweimal auf einem Bein und verschwand mit einem Grinsen, wobei er den Mund bis zu den Ohren aufriss, seinen Riesenmund, der so groß war, dass man, wenn er so lachte, den Eindruck hatte, er besäße doppelt so viele Zähne wie andere Menschen.

»Bin ich auch nicht zu schwer?«, flötete Edmée.

Sie waren so schnell, dass Fred sie nicht hörte. Zwei- oder dreimal kamen sie an einem stämmigen Mädchen vorbei, das sich ein wenig ängstlich auf dem Eis bewegte. Es war das vollbusige Mädchen, von dem Mia am Mor- gen gesprochen hatte, und Edmée bemerkte, dass sie dem Schlitten neidvoll nachsah. Es war der einzige Schlitten dieser Art in der ganzen Gegend. Seit mindestens fünf- zig Jahren befand er sich in den Rieselungen. Alle Welt kannte ihn.

»Bist du müde?«

Fred hielt an, wischte sich den Schweiß ab, der ihm trotz der Kälte übers Gesicht rann. Er dampfte wie ein heißes Getränk, strömte wahre Dunstwolken aus.

»Warte hier einen Augenblick. Ich will mit einem jun- gen Mädchen eine kleine Runde drehen.«

Sie wandte sich um. Da stand die Bäckerstochter, die Augen verzückt auf Fred gerichtet. Ohne ein Wort zu sagen, stieg Edmée ab, ging vorsichtig über das Eis und blieb am Rande des Eisfeldes stehen, alles mit scharfem Blick beobachtend.

Jef sauste an ihr vorbei, einmal, zweimal, und immer sah er so aus, als wollte er einen unsichtbaren Gegner an- greifen.

Als sie ihn zum vierten Mal sah, rief sie:

»Jef!«

Er stoppte unvermittelt in einer Kurve und näherte

sich seiner Cousine, die vor Kälte und Erregung weiß im Gesicht war. Mit der müden und doch schneidenden Stimme einer kleinen befehlsgewohnten Göttin sagte sie:

»Ich will Eichhörnchen jagen!«

Er blickte auf die Piste, dann auf das Fichtenwäldchen, das sie im Norden säumte.

»Wir haben keinen Hund …«

»Ich helfe dir schon.«

Ein kleiner trüber Wassertropfen hing an seiner Nasenspitze, und bei jedem Atemzug öffneten und schlossen sich seine Nasenlöcher.

»Wie du meinst.«

Es war ihre fünfte gemeinsame Eichhörnchenjagd. Jedes Mal hatte Edmée ihn dazu aufgefordert, und jedes Mal war sie beim Anblick des toten Tieres erstarrt und wortlos nach Hause gegangen.

Jef steckte seine Schlittschuhe in die Tasche. Im Wald schnitt er sich einen Stecken ab und begann nach einem Eichhörnchen Ausschau zu halten. Edmée sah ihm nicht zu, vielmehr blickte sie zum Eisfeld hinüber, wo der große Schlitten immer noch dahinglitt. Sie fror. Sie wusste wohl, dass es unvorsichtig war, ihren Schal so offen hängen zu lassen, aber das war ihr jetzt vollkommen gleichgültig.

Fred mochte nur dralle Mädchen! Und große Busen! Gesichter wie das der Bäckerstochter mit runden, dummen Augen, mit knallroten Lippen und lächerlich kleinen Nasen!

»Heda! …«

Dreimal musste Jef nach ihr rufen, bevor sie ihm zu Hilfe kam. Inzwischen war ihr die Taktik bekannt. Sobald Jef ein Eichhörnchen in einer Fichte ausgemacht hatte, schlug er auf den Stamm, um das Tier aufs offene Gelände zu treiben. Sobald es sich bedroht fühlte, verließ es plötzlich die Deckung. Dann warf Jef seinen Stock nach ihm und zerschlug ihm damit fast immer das Kreuz.

Edmée rannte herbei, um dem Eichhörnchen den Rückzug abzuschneiden. Aber es war schon alles vorbei. Der Stock flog durch die Luft, fiel auf die Erde. Man hörte ein seltsames Geräusch. Jef hechtete nach vorn und packte ein braunes Etwas, das sich im Schnee wand.

»Es hat ihn auf die Schnauze gekriegt.«

Zum ersten Mal trat Edmée näher, um das Tier genauer anzusehen. Der Stock hatte die Schnauze des Tieres zerschmettert, die nun schief stand, fast nach unten hing und blutete. Das Eichhörnchen lebte noch, schlug um sich, während sich Jefs Finger um seinen Hals wanden und es langsam erwürgten.

»Gib es mir!«

Das Tier hatte sich zum letzten Mal aufgebäumt. Mit angehaltenem Atem nahm sie das noch warme Eichhörnchen in die Hand. Von Sekunde zu Sekunde wurde es schwerer.

»Es ist ein Weibchen«, sagte ihr Cousin.

»Gehen wir!«

Sie hatte das Eichhörnchen um den Leib gefasst und spürte seinen bebenden Bauch. Blutstropfen fielen in den Schnee.

»Wohin?«

»Nach Hause. Wir nehmen einfach den Wagen.«

»Und die anderen?«

»Ich will im Wagen nach Hause fahren.«

Er wagte es ihr nicht abzuschlagen. Er folgte ihr, schwenkte seinen Stock in der Luft. Das Pferd hatte den Schnee weggekratzt und graste. Niemand sah den Wagen abfahren. Der grüne Schlitten war in weiter Ferne, kaum zu erkennen. Edmée und Jef saßen dicht nebeneinander auf der vorderen Bank.

»Warum willst du heimfahren?«

»Ich weiß es nicht. Ich will in unserer Hütte heiße Kartoffeln essen.«

Mit der Hütte meinte sie den Schuppen hinten im Hof. Jef war beunruhigt und drehte sich oft um.

»Wie sollen die anderen heimkommen?«

»Sie können zu Fuß gehen.«

Das fast schon erkaltete Eichhörnchen lag auf ihren Knien. Ihr war auch kalt. Und doch spürte sie in der Brust und vor allem im Kopf eine eigenartige Wärme.

Gegen das Weiß des Schnees erschien alles schwarz, sogar das graue Pferd, die Wagendeichsel und die grünen Fichten. Das Pferd ging im Trab, beim Rütteln des Wagens schwankten ihre Oberkörper hin und her.

Plötzlich sagte Edmée:

»Fred ist in Wahrheit gar nicht so gesund und kräftig.«

Und als Jef dazu schwieg, fuhr sie fort, die Augen auf die Kruppe des Pferdes gerichtet:

»Es würde mich nicht wundern, wenn der Onkel an Syphilis gestorben wäre. Mein Vater war ja Arzt …«

Jef starrte sie fassungslos an.

»An was?«

»An Syphilis. Im Grunde seid ihr alle degeneriert. Ihr habt krankes Blut. Mia hat mir gestanden, dass sie seit ihrer frühesten Kindheit einen Ausschlag am Bein hat.

Fred hat immer irgendwo einen Pickel. Und in der Familie ist nicht einer, der einen normalen Kopf mit symmetrischen Gesichtszügen hat. Du selbst hast ja einen Wasserkopf …«

Sie sprach wie im Fieber, mehr zu sich selbst als zu ihm, aber es war ihr doch nicht unlieb, dass ihr jemand zuhörte. Im übrigen war sie von dem, was sie sagte, überzeugt. Sie hatte bemerkt, dass die harmloseste Verletzung, der kleinste Kratzer bei ihren Cousins und Cousinen erst nach Wochen abheilte.

Bei ihr selbst verheilten Wunden trotz ihrer Blässe und ihrer Blutarmut viel schneller. Und sie hatte keinen einzigen Pickel, ihre Haut war makellos!

Bei ihnen jedoch war alles irgendwie schief. Keiner hatte einen geraden Nasenrücken und symmetrische Nasenflügel, nicht einmal die kleinen Mädchen. Das zweitjüngste schielte ein wenig, und bei allen wuchsen sogar die Haare in unregelmäßigen Wirbeln.

»Sag so was nie der Mama oder Fred!«, brummte Jef, als sie zu Hause anlangten.

Er fuhr außen herum, um in den Hof zu gelangen. Er spannte nicht aus, sondern band das Pferd an der Stalltür fest.

»Sie werden wütend sein.«

»Komm Feuer machen!«

Edmée trat in den Schuppen, den sie als ihre Hütte bezeichnete, legte das Eichhörnchen auf den Fußboden. Sie war erschöpft, die Müdigkeit steckte ihr in den Knochen, zugleich aber fühlte sie sich durchaus in der Lage, der ganzen Welt die Stirn zu bieten.

Jef ging einen Augenblick in die Küche, um seiner

Mutter etwas zu sagen, und trotz der großen Entfernung gelangte der Duft von frischen Waffeln bis zu Edmée. Jef kam mit einem Holzbündel zurück, schichtete es auf und entflammte ein Streichholz.

»In der Ecke, wo das Werkzeug steht, müssen noch Kartoffeln sein.«

Das war eine Aufforderung, welche zu holen, aber Edmée blieb auf ihrem Holzblock sitzen und rührte sich nicht von der Stelle. Sie blickte in die Flammen, die erst schmal und bläulich aufzüngelten, dann breiter wurden und sich gelblich färbten. Sie war wie erstarrt.

»Was hat deine Mutter gesagt?«

»Nichts. Sie backt Waffeln.«

»Ich halte sie nicht für sehr intelligent. Sie hat auch Ausschlag.«

Jef schloss die Tür. Durch ein schmales Fenster drang ein wenig Tageslicht in den Raum, wurde aber durch den Feuerschein aufgesogen.

»Soll ich es ausweiden?«

Er zeigte auf das Eichhörnchen mit dem zerschmetterten Kopf, ein jämmerliches, totes Ding.

»Das ist nicht nötig. Setz dich hierher.«

Als er sich niedergelassen hatte, begann sie ihr Verhör.

»Macht es dir nichts aus, Tiere zu töten?«

»Warum?«

»Und wenn es nun größere Tiere wären?«

»Wir haben sogar einmal ein Wildschwein erlegt!«

»Und wenn es Menschen wären?«

Sie brach in nervöses Lachen aus. Vom Feuer strömte Wärme in ihren zusammengekauerten Leib. Jef schwieg verwirrt.

»Wer von euch beiden ist der Stärkere, Fred oder du?«

»Ich glaube, ich.«

Massig wie ein Bär saß er neben ihr auf dem Boden.

»Tötet er auch Eichhörnchen?«

»Fred ist immer in Hasselt zur Schule gegangen, er war sogar ein Jahr auf der Universität in Liège …«

Das Fenster maß weniger als einen halben Quadratmeter, doch hin und wieder sah man eine Schneeflocke herabsegeln.

»Hast du Angst vor ihm?«

Sie waren beide wie trunken, trunken von der Kälte, vom Eislaufen, vom Blut, das tropfenweise aus dem Kopf des Eichhörnchens gesickert war. Und nun berauschte sie das Feuer, von dem ein harziger Duft aufstieg. Am anderen Ende des Hofes legte unterdessen die steife, dürre Tante, die nur farblose Gewänder trug, ein Waffeleisen nach dem anderen aufs Feuer, drehte sie um, goss den flüssigen Teig mit dem Schöpflöffel nach, und die goldbraun gebackenen Waffeln häuften sich auf den Latten.

»Ich habe dich um eine Kartoffel gebeten.«

Unter der Asche fand er eine, die er am Vortag vergessen hatte, er schälte sie mit demselben Messer, mit dem er den Eichhörnchen den Bauch aufschlitzte und die Gedärme herausschnitt.

»Ich glaube nicht, dass du den Mut hättest, etwas weniger Harmloses zu tun.«

»Was denn?«

»Ich weiß auch nicht.«

Die Kartoffel in ihrem Mund war sehr heiß.

»Etwas Gefahrvolles. Ein kleines Tier zu töten ist ja nicht gefährlich.«

Jef war von allen der Hässlichste. Die anderen hatten, wie Edmée gesagt hatte, eine unreine Haut, Pickel, Ausschlag oder unebenmäßige Züge. Bei ihm konnte von Symmetrie überhaupt keine Rede sein. Er war missgestaltet, aber stark wie ein Tier des Waldes.

»Etwas Gefahrvolles?«, wiederholte er.

Er sah sie nicht an, starrte ins Feuer. Sie saßen kaum zehn Zentimeter voneinander entfernt. Es war, als würde ein unsichtbarer Strom, eine leise Wellenbewegung in diesen zehn Zentimetern aufkommen und sie aneinanderketten. Aber was für Wellen waren das?

Es war heiß, zu heiß, vor allem nach der Kälte draußen auf dem Eisfeld. Jef hatte frische Kartoffeln unter die Asche gelegt, und er begann mit dem Ausweiden des Eichhörnchens.

Mit vor innerer Anspannung bebender Stimme sagte Edmée:

»Ich werde nur einen Mann lieben, der imstande ist, außergewöhnliche Dinge zu vollbringen, einen Mann, der vor nichts Angst hat. Keinen Mann, der sich von einem dicken, schlaffen Mädchen wie der Bäckerstochter gängeln lässt. Ich wünsche mir einen Mann, der fähig ist zu töten, aber wirklich zu töten, der seinen Kopf riskieren würde ...«

Jef häutete das Eichhörnchen, das er mit einer Hand am Kopf festhielt, während er ihm mit der anderen das Fell herunterzog, wobei ein Geräusch entstand, als würde er Seide schneiden.

Sie schwiegen lange. Edmée aß zwei Kartoffeln. Immer noch spürte sie ein seltsames Gemisch von Heiß und Kalt, vielleicht auch wegen des Luftzugs, der durch einen fünf

Zentimeter breiten Türspalt eindrang. Sie sah wieder den großen grünen Schlitten über das Eis gleiten, das auf Kissen gebettete Mädchen.

»Fred wird wütend sein, dass er zu Fuß gehen muss!«

Zwei Stunden lang blieben sie im Schuppen, wechselten nur wenige Worte, doch mit der Zeit mischte sich in die Empfindung von Hitze und Kälte ein Gefühl der Angst. Die Essenszeit war schon überschritten, als Jef murmelte:

»Wir sollten ins Haus gehen.«

Die Waffeln stapelten sich einen Meter hoch, der Geruch des gebackenen oder aber angebrannten süßen Teigs war unerträglich. Die verbrannten Waffeln lagen auf einem gesonderten Haufen.

Die Begegnung fand in der Küche statt, die einen kamen von der Straße, die anderen vom Hof. Nur Mia schien weder zur einen noch zur anderen Gruppe zu gehören. Die Kleinen hatten sich natürlich mit Fred verbündet.

Dieser zögerte keinen Augenblick, schritt geradewegs auf seinen Bruder zu, sagte zwei Sätze auf Flämisch und versetzte ihm einen Schlag mitten ins Gesicht.

Die Waffeln dampften noch. Die Schneeflocken fielen wieder dichter.

Durch die beiden Fenster schimmerte das weiße Winterlicht. Weiße, kalte Luft strömte unter der Tür herein.

Auf dem Tisch die Teller, das Besteck, die Suppenschüssel.

Die Tante entfernte die Sicherheitsnadeln, mit denen sie die Schals am Rücken ihrer Töchter befestigt hatte.

»Da brennt was an!«, rief Mia, rannte zu einem Waffeleisen und drehte es um.

Das war alles. Sie setzten sich um den Tisch: Fred, grimmig auf seinen Teller starrend, Jef mit rötlichen Spuren auf einer Backe und die Kinder, noch berauscht vom stundenlangen tollkühnen Eislauf.

4

Den ganzen Winter über sollte kein Frost mehr kommen. Schon am nächsten Tag hatte sich die strahlend weiße Schneedecke in schmutzig braunen kalten Matsch verwandelt, und von den Bäumen löste sich das Wasser in dicken Tropfen.

Die ganze Familie brach nach Maeseyck auf, von der Tante bis zum jüngsten Schwesterchen, und man verriegelte die Haustür. Im Wagen mussten alle eng zusammenrücken. Die Fahrt ging über den Kanal, durch das Dorf und am Eisfeld vorbei, wo noch graue Schollen aufragten.

Bei ihrer Ankunft im Hause des Onkel Louis in Maeseyck war die gepflegte Wohnung voller Menschen. Es roch nach Zigarren und Genever. Es wurde flämisch gesprochen. Alle umarmten und küssten sich. Wie die anderen begrüßte auch Edmée die Onkel, Tanten und Nachbarn.

Die Kinder aßen an einem Nebentisch, während die Erwachsenen weiter Biskuits knabberten, Zigarren rauchten und Schnapsgläschen leerten. Am Nachmittag schloss sich der Onkel mit Fred ein, um über geschäftliche Angelegenheiten zu sprechen, und als sie sich wieder zu den anderen gesellten, waren sie verstimmt.

Erst bei Dunkelheit machte man sich auf den Heimweg. Eine der Kleinen schlief auf Edmées Schoß ein. Dann und wann machte Fred eine Bemerkung, die seine Mutter meist nur mit einem Kopfschütteln beantwortete.

Während der nächsten Monate lebte man in der Nässe, der Kälte, im Schlamm und vor allem im Wind. Unablässig jagte der Sturm dunkle Wolken über den Himmel, die andauernd zu platzen drohten. Im Haus zankte man sich von morgens bis abends wegen der offenen Türen, denn sobald jemand eintrat oder hinausging, entstand ein heftiger Durchzug, sodass die Papiere vom Tisch geweht wurden, Wasserbäche bis in die Mitte der Räume vordrangen. Jeder brachte von draußen dicke Schlammklumpen ins Haus, die auf den Steinplatten liegen blieben.

Trotz allem stapften die kleinen Mädchen jeden Morgen Hand in Hand ihren fünf Kilometer langen Weg zur Schule. Wenn sie abends heimkehrten, küsste man sie auf regennasse kalte Bäckchen.

Allwöchentlich fuhr Fred nach Hasselt oder nach Brüssel. Edmée erfuhr von Mia, dass das vom Vater hinterlassene Erbe unangenehme Überraschungen enthalten hatte. Die Rieselungen waren mit Hypotheken belastet, und es war kein Geld da, um die laufenden Kosten zu bezahlen.

»Mein Vater soll in Hasselt auch eine Geliebte gehabt haben«, seufzte Mia.

Im Grunde aber hatte sie ihre Freude daran.

Sonntagmorgens fuhr die ganze Familie nach Neeroeteren, außer Fred, der im Bett blieb. Man brach in der Dunkelheit auf und war noch vor Morgengrauen zur Frühmesse in der Kirche. Man trat in einen langgezogenen Raum, wo, abgesehen von den Altarkerzen, nur zwei Petroleumlampen brannten.

Die Tante begab sich zu ihrem mit grünem Samt bezogenen Betstuhl, Mia hatte einen granatroten, die anderen mussten sich mit einfachen Stühlen begnügen. Nur wenige Menschen saßen im Mittelschiff, vor allem alte Frauen, deren Umrisse vom Halbschatten der Seitengänge aufgesogen wurden.

Man merkte es den Menschen an, dass sie zu früh aufgestanden waren, sich mit kaltem Wasser nur flüchtig das Gesicht benetzt hatten und allmählich Hunger bekamen. Um zur Kommunion gehen zu können, hatte man vor der Abfahrt nichts zu sich genommen. Jeder hatte in seiner Manteltasche einen Riegel Schokolade, und die Kleinen begannen schon verstohlen daran zu knabbern, wenn sie von der Kommunionbank auf ihre Plätze zurückkehrten.

Die Tante blickte beim Beten auf den Altar und bewegte dazu die Lippen. In dieser Haltung offenbarte sich ihre eigentliche Persönlichkeit. Auf ihrem hageren, in fünfzig Wintern im Kempenland verblühten Gesicht malte sich hoffnungslose Ergebenheit in ihr Schicksal. Ihre verwaschenen Augen waren auf den Tabernakel gerichtet, und ihre Lippen öffneten und schlossen sich im gleichförmigen Rhythmus der Gebete.

Als Erste trippelten die kleinen Mädchen zur Kommunionbank, dann folgten Mia, Edmée und schließlich die Tante, hin und wieder auch Jef. Mit gefalteten Händen und niedergeschlagenen Augen lauschten sie auf die leise schlurfenden Schritte der alten Weiblein, die nach ihnen zur Kommunion gingen. Die rituelle Formel murmelnd, schritt der Priester von einem zum anderen, und Edmée beobachtete ihn mit halbgeschlossenen Augen. Sie war voller Erwartung. Jeden Sonntag wartete sie auf den Augenblick, in dem der Priester mit dem Messkelch in der Hand vor sie trat, und einige Sekunden lang starrte sie wie gebannt auf diesen Kelch.

Er war aus getriebenem Gold, sehr groß und ausladend. Ringsum rankten sich pausbäckige Engelchen, Edmée aber blickte vor allem auf die vier ungeheuerlichen violetten Steine, die in das Metall eingelegt waren. Noch nie hatte sie so riesige Steine gesehen, und diese hier erstrahlten in prächtigem Glanz im Dämmerlicht der Kirche, nur vom schräg einfallenden Licht der Petroleumlampen beleuchtet.

Edmée liebte Edelsteine. Oft zog sie sich in ihr Zimmer zurück, um zärtlich über die Granate und Rubine zu streichen, die den alten Schmuck im Kästchen zierten. Sie begann von den Steinen am Messkelch zu träumen, die noch schöner waren als alle anderen und von denen ein seltsamer, geheimnisvoller Zauber ausging.

Auf dem Heimweg hielt man beim Bäcker an, um einen Obstkuchen zu kaufen. Wenn sie nach Hause kamen, lag Fred oft noch im Bett, manchmal war er auch halb angezogen, mit geschwellter Brust unter dem gestärkten Hemd und mit pomadeglänzendem Haar.

Er gab vor, um zehn Uhr ins Hochamt zu gehen, aber jeder wusste, dass er die Kirche gar nicht betrat, sondern in einer Kneipe Karten spielte oder kegelte. Wenn er gegen eins zurückkehrte, roch sein Atem nach Genever und Wermut.

Er hatte keinen Blick für Edmée, richtete nur selten das Wort an sie. Mitunter, wenn sie an ihm vorbeikam, versetzte er ihr einen Klaps auf den Hintern, woraufhin sie erstarrte und ihn wütend anblickte.

»Ich habe das Gefühl, er ist ein ekelhafter Kerl«, sagte

sie einmal zu Mia, die sie mit großen, erstaunten Augen ansah.

»Wieso denn das ?«

»Das weiß ich nicht. Ich habe es eben im Gefühl.«

Plötzlich errötete Mia, weil sie sich daran erinnerte, dass sie in den Taschen ihres Bruders Fotos von nackten Frauen und Männern gefunden hatte, deren Anblick in ihr eine unerträgliche Beklemmung ausgelöst hatte.

Fred verbrachte eine oder zwei Stunden am Tag in seinem Büro, aber meist musste er nach Maeseyck oder in ein Nachbardorf fahren. Zuweilen bekam er auch Besuch, den er im Büro mit Genever und Zigarren bewirtete. Dabei ging es oft um den Verkauf von Heu oder Grummet, um den Ankauf von Dünger oder Vieh. Drei Tage lang war er mit zwei Männern in Lederkleidung auf dem Gelände unterwegs, um die zu fällenden Pappeln mit einem Kreuz zu markieren.

Es gab kaum einen Tag, an dem es nicht regnete, an manchen Tagen aber fiel von morgens bis abends ein feiner Sprühregen, und dann war der Himmel von einem einförmigen Grau, das schwer auf den Gemütern lastete. Zuweilen wehte auch ein heftiger Wind, der die Wolken geradewegs über die Pappeln hinwegtrieb, er brachte Platzregen, der auf das Hofpflaster, die Straße, die Fensterscheiben trommelte und durch jede Ritze ins Haus drang.

Bei solchem Wetter folgte Edmée ihrem Cousin Jef, wenn er an einem Kanal das Schütz öffnete oder einem Feldhüter Anweisungen überbrachte. Der Regen rann ihr übers Gesicht, tropfte von ihrer Nasenspitze, ihrem Kinn. Sie musste sich mühsam durch den Schlamm kämpfen, denn sie war es noch nicht gewohnt, in Holz-schuhen zu laufen. An den breiteren Wassergräben pack-te Jef sie kurzerhand unter den Armen und setzte sie auf der anderen Seite ab.

»Bist du ganz sicher, dass Fred nicht stärker ist als du?«

»Ganz sicher.«

»Warum hast du dich dann von ihm ohrfeigen lassen?«

»Er ist der Älteste.«

Was tat das schon zur Sache? Nur weil er der Erstge-borene war, hörte sogar die Tante auf ihn, wie sie jahre-lang auf ihren Mann gehört hatte!

»Hast du auch Liebschaften, Jef?«

Er war ein wenig verstört, wagte nicht zu antworten. Es ließ sich nicht ausmachen, ob sie wirklich wusste, was sie sagte, oder ob sie – einfach wie ein Kind – Worte nachplapperte, ohne deren Tragweite zu ermessen. Jef jedenfalls war außerstande, sie wie ein kleines Mädchen zu behandeln. Er folgte ihr wie ein Hündchen, tat alles, was sie ihm befahl. Sie missbrauchte ihre Macht. Bei Tisch machte sie sich einen Spaß daraus, ihn herum-zukommandieren:

»Hol mir meine Medizin, Jef!«

Früher hatte ihr Vater ihr ein Hämoglobinpräparat gegeben, sie nahm es weiter ein, nur um bei Tisch eine Flasche ganz für sich zu haben.

Jef erhob sich schwerfällig, scheinbar widerwillig von seinem Sitz und blickte dabei so brummig drein, wie er nur konnte.

»Gehen wir heute in unsere Hütte?«

»Ich weiß nicht, ob ich Zeit habe.«

Aber schließlich kam er doch. Sie liebte es, von den

anderen abgesondert, in dem vom Tannenzapfenfeuer erhellten Schuppen zu sein. Sie setzte sich möglichst nahe an die Feuerstelle, bis die Wärme mit spitzen Nadeln in ihren Körper eindrang.

»Tu doch was!«

Sie konnte es nicht leiden, Jef müßig zu sehen. Er schnitzte an einem Stück Holz oder machte sich an den Eichhörnchenfellen zu schaffen. Im Kamin pfiff der Wind. Mitunter muhte eine Kuh im Stall nebenan oder stieß mit einem Huf gegen die Bretterwand.

»Hast du darüber nachgedacht, was ich dir neulich gesagt habe?«

In Jefs dickem Kopf rührte sich nichts. Alle seine Bewegungen waren langsam, vor allem wenn er seine breite, allzu vorgewölbte Stirn hob und seine Cousine mit gerunzelten Augenbrauen anblickte.

»Was meinst du denn?«

Seine Hände, in denen der Schmutz so tief saß, dass weder Wasser noch Seife ihn beseitigen konnten, waren noch immer mit dem Schnitzmesser und dem Stück Holz beschäftigt.

»Ich möchte, dass du für mich etwas Gefahrvolles, etwas Schwieriges tust.«

Sie verspürte einen wollüstigen Schauer, ganz ähnlich wie in dem Augenblick, als sie das sterbende Eichhörnchen angefasst hatte. Sie hatte Angst, ohne recht zu wissen, ob vor sich selbst oder vor ihm. Ihre Lippen wurden feucht.

»Was denn zum Beispiel?«

»Wenn ich dich nun bitten würde, mir etwas zu bringen, das man nicht kaufen kann, das jemandem gehört …«

Er zuckte die Achseln, stieß mit dem Fuß ein Holzscheit zur Seite, das in sich zusammenfiel.

»Was denn?«

»Wirst du's tun?«

»Warum nicht?«

Im Unterschied zu Fred, der selbst auf dem Feld städtische Kleidung, einen angeknöpften Kragen und eine Krawatte trug, war Jef bäuerlich angezogen. Er hatte immer einen aus der Form geratenen Anzug an, von dem man nicht einmal wusste, wie er ursprünglich ausgesehen hatte. Seine Taschen stopfte er immer so voll, dass sie ganz ausgebeult waren. Die Jacke hatte nur noch einen Knopf, darunter trug er ein kragenloses Flanellhemd.

Edmée konnte sich nicht vorstellen, Jef in den Arm zu nehmen, aber es war ihr angenehm, ihn in der Nähe zu wissen, vor allem in der Hütte, wo sie von den übrigen Familienmitgliedern abgesondert waren.

Zwei Tage zuvor war eine Kaminwand eingestürzt, und Jef war mit Mörtel und Backsteinen aufs Dach gestiegen. Freihändig auf dem First stehend, hatte er den Kamin wieder zugemauert.

Als das Pferd durchgegangen und allein über die Wiesen gerast war, war Jef ihm mit einem Stock in der Hand nachgelaufen. Man hatte die beiden in großem Abstand voneinander gesehen, dann waren sie am Horizont hinter dem schweren Regenvorhang verschwunden. Drei Stunden später kam Jef ohne Sattel, ohne Steigbügel auf dem Pferd zurückgeritten, wobei sein schwerer Kopf rhythmisch von einer Seite zur anderen pendelte, während er seine in Holzpantinen steckenden Füße an die Flanken des Tieres presste.

»Wenn ich dich nun bitten würde zu stehlen …«

Sie war trunken, wie jedes Mal, wenn sie im Schuppen war, trunken von der Wärme, trunken vom langen Starren in die tanzenden Flammen, trunken vom Duft des Fichtenholzes, von den heißen Kartoffeln. Ihr kleiner Busen hob und senkte sich. Ihre Nasenflügel bebten.

»Ganz bestimmt würdest du es nicht wagen, die violetten Steine am Messkelch zu stehlen!«

Bei diesen Worten stellte sie sich vor, wie Jef in der Nacht auf das Kirchendach klettern, durch irgendeine Luke einen Einstieg finden, sich zwischen den Korbund Betstühlen nach vorne tasten würde, auf den Fliesen leise knirschende Geräusche verursachend. Ihre Nerven waren zum Zerreißen gespannt, ein köstlicher Schauer durchrieselte sie. Mit seinem großen Messer würde er die Steine aus den goldenen Krallen lösen …

»So schwierig ist das nicht!«, sagte er, ohne sie anzublicken.

»Aber du traust dich ja doch nicht!«

Mitte Januar geschah etwas Außergewöhnliches. Es war gegen acht Uhr am Morgen, und die ganze Familie saß um den Küchentisch, außer Jef, der um diese Zeit immer draußen, im Stall, in der Backstube oder anderswo zu tun hatte.

Die Tante schnitt die in Speck gebratenen Buchweizenfladen auf, deren Geruch den ganzen Vormittag die Küche erfüllte, Mia goss heiße Milch und Kaffee in die Schalen. Die jüngeren Geschwister waren schon aufgebrochen, und Fred erklärte, dass er am Nachmittag ins Dorf wolle.

Durch die Scheiben sah man die Pappeln, die dem Angriff der Windböen kaum standzuhalten vermochten und leise knarrten. Der Sturm fegte so wild wie selten über das Land und peitschte die schweren Regengüsse auf die Wiesen.

In der Küche herrschte das gewohnte Gemisch von Hitze und Zugluft, die durch die Ritzen in den Fenstern und Türen hereindrang. Edmée hatte keinen Hunger. Sie blickte auf die einzige gerade Linie der Landschaft, den schwarzen Kanal, der sich fünfhundert Meter entfernt zwischen zwei Erdwällen dahinzog. Auf dem Treidelpfad erblickte sie zwei Pferde, dahinter einen triefnassen Fuhrmann mit gesenktem Kopf.

Nach den Tieren erschien eine gespannte Leine im Fenster, dann der Bug eines flämischen Lastkahns, der vor Nässe glänzte. Aus dem Kamin über der Kabine stieg Rauch auf. Am Mast hing, mit irgendwelchen Hilfsmitteln befestigt, ein unförmiges Segel, vielmehr eine einfache Zeltplane.

Der Wind blies die Plane auf. Der Kahn glitt so schnell dahin, dass er rasch aus dem Blickfeld verschwand. Gleichzeitig hörte man in der Ferne ein Geräusch, das sich kaum von den gewohnten Geräuschen unterschied, doch spürte jeder sofort, dass es eine Katastrophe bedeutete. Selbst die Tante hielt im Schneiden der Fladen inne und stürzte wie die anderen ans Fenster.

Es war unglaublich, denn es herrschte Totenstille, und keiner hätte sagen können, was er nun eigentlich gehört hatte. Der Kahn stand still, als wäre er aufgelaufen. Der Mast war gebrochen, das Segel hing über Deck.

Aber das Unheimlichste war, was mit den Pferden geschah, und zwar genau in dem Augenblick, als Edmée ihre Stirn an die Scheiben presste. Die Tiere befanden sich etwa hundert Meter vor dem Kahn. Ganz plötzlich spannte sich das Schlepptau, das sie mit dem Schiff verband, lockerte sich, spannte sich von neuem und riss die Tiere nach hinten.

Das rechte Pferd verschwand sofort im Kanal, das linke fand noch einen Augenblick lang mit den Vorderhufen Halt am Ufer, doch dann wurde es vom Gewicht des anderen Pferdes mitgerissen.

Gegen den trüben Himmel zeichneten sich wild umherrennende Gestalten ab, und das havarierte Schiff, das noch kurz vorher so deutlich über der Kanallinie zu sehen gewesen war, verlor zusehends an Höhe.

»Es sinkt! …«, schrie Fred und riss die Tür auf.

Und wirklich, es sank. An dieser Stelle machte der Kanal einen Knick. Der Kahn jedoch war, vom Wind getrieben, trotz energischen Herumreißens der Ruderpinne weiter geradeaus gefahren und mit voller Wucht gegen die Böschung geprallt.

Die Pferde waren plötzlich in ihrem Lauf gebremst und nach hinten gerissen worden, und man sah, wie eines verzweifelt den Kopf über Wasser zu halten versuchte, obwohl sich die Leine um seine Beine geschlungen hatte.

Edmée rannte ohne Schal hinter Fred her. Im Hof schrie Mia mit gellender Stimme:

»Jef! … Komm schnell … Jef! … Wo bist du? …«

Edmée aber gelangte nicht zum Kahn, von dem nur noch der gebrochene Mast und das Kabinendach aus dem Wasser ragten. Um den Hauptkanal zu erreichen, musste man über einen kleineren Bewässerungskanal, der für sie jedoch zu breit war. Fred war hinübergesprungen. Sie sah, wie er einer Frau half, die Böschung hinaufzuklettern.

Alle Gestalten wirkten im Dämmerlicht rabenschwarz. Hinter der Frau erschien ein kleines Mädchen, dessen nasse Haare am Nacken klebten. Der Fuhrmann und der Schiffer bemühten sich vergeblich, die Tiere zu retten, die in ihrem verzweifelten Kampf das Wasser aufwirbelten. Es war nichts mehr zu machen. Doch keiner wollte den Unfallort verlassen. Aneinandergedrängt standen sie im Regen, während nun auch das Kabinendach versank.

Immer wieder wandte Edmée sich um, um nach Jef Ausschau zu halten. Erstens würde er ihr über den Bewässerungskanal helfen. Und dann wüsste er bestimmt, was man noch versuchen könnte. Mia stand an der Haustür und rief weiter nach ihm. Der Knecht rannte mit Riesenschritten über die Wiesen.

Das Ganze mochte eine halbe Stunde gedauert haben. Edmée war von Kopf bis Fuß durchnässt. Das Unterhemd klebte ihr am Leib, ihre Lippen begannen sich bläulich zu färben, als sich die Schiffbrüchigen und Fred auf das Haus zubewegten.

Alle traten in die Küche. Die Frau hatte einen Weinkrampf. Sie war ebenso ausgemergelt wie die Tante und hatte strohblondes Haar und Sommersprossen. Da sie, als der Unfall geschah, nicht fertig angekleidet war, konnte man im Miederausschnitt ihren hängenden Busen sehen, aber sie war sich ihrer Blöße nicht bewusst. Der Mann blickte mit leeren Augen um sich, der Fuhrmann fluchte, schnäuzte sich und kratzte sich wütend am Kopf.

Jemand holte einen Krug Genever.

»Ist Jef immer noch nicht da?«

Fred suchte nach ihm, wie wenn nur Jef Rat und Hilfe wüsste. Der Fuhrmann brummte:

»Es sind noch fünf andere Kähne hinter uns. Man muss den Schleusenwart stromaufwärts benachrichtigen, sonst ...«

Aber es gab hier kein Telefon, und Jef, der ins Dorf hätte laufen können, war nicht da. Wieder erfüllte der bittere Genevergeruch den Raum. Sogar Edmée bekam ein Gläschen. Ihre Tante versuchte ihr zu verstehen zu geben, dass sie sich umziehen müsse, aber sie rührte sich nicht vom Fleck, denn sie wollte sich nichts entgehen lassen. Sie strich um die Frau, den Mann, das Kind herum. Sie betrachtete sie aus nächster Nähe und horchte begierig auf die flämischen Worte, die gewechselt wurden.

»Ist Jef nicht im Stall?«

»Nein! Heute ist Brottag. Er müsste in der Backstube sein, aber da ist er nicht.«

Mia war außer sich. Sie wusste nicht mehr, wo ihr der Kopf stand, und ihr Bruder fauchte sie an, weil sie das Kaffeewasser nicht schnell genug aufsetzte.

Plötzlich erschien ein Radfahrer am Fenster, der gleich danach abstieg. Es war Jef. Aber er trat nicht ins Haus. Als jemand die Tür öffnete, entfernte er sich schon in Richtung des Schuppens, den Edmée als ihre Hütte bezeichnete.

»Jef!«

»Ich komm gleich!«

»Nein! Komm sofort!«

Widerwillig machte er kehrt, erschien an der Schwelle und warf einen misstrauischen Blick auf die Fremden.

»Was ist denn los?«

»Wo bist du nur gewesen?«

»In Neeroeteren. Ich hatte keine Hefe mehr.«

Edmée bemerkte einen Kratzer auf seinem rechten Handrücken, ihr fiel auch auf, dass er ihrem Blick auswich. Man berichtete ihm, was geschehen war. Er verzog keine Miene, wandte sich zum Kanal und brummte:

»Aha!«

Dann wurde wieder flämisch gesprochen. Die Frau hörte auf zu weinen und redete wild auf Jef ein, der sie mit müden Augen anblickte. Man spürte die allgemeine Unschlüssigkeit, und jeder schien sich von Jef eine Entscheidung zu erhoffen.

»Aha!«, sagte er noch mal und blickte reihum.

Er steckte die Geneverflasche in seine Tasche, gab Mia eine kurze Anweisung, woraufhin sie ins Obergeschoss rannte und mit einem schweren Überzieher zurückkehrte.

Es war heller geworden, aber der Regen setzte mit neuer Kraft ein. Die Tante war noch niedergeschlagener als die Schiffersfrau, die wieder Hoffnung zu schöpfen schien.

Jef verließ mit dem Schiffer, Fred und dem Fuhrmann das Haus. Die Frau lief zur Tür, um ihnen etwas nachzurufen.

Ohne dass jemand es bemerkte, folgte Edmée den Männern, die über den kleinen Kanal sprangen.

»Jef!«

Er wandte sich um, sah sie, rannte zu ihr und half ihr hinüber. Er war verstört. In seinen Augen war ein ungewohntes Flackern.

»Bleib neben mir!«, flüsterte er.

Sie hatten nur noch hundert Meter zu gehen. Der

Fuhrmann stand schon am Kanal und hielt nach seinen verendeten Tieren Ausschau.

»Gib mir deine Hand!«

Sie gingen dicht nebeneinander. Mit seiner harten Pranke packte Jef Edmées Hand, öffnete die Finger und schloss sie wieder um kleine, eiskalte Gegenstände.

»Pass auf!«

Er ließ sie stehen, rannte vorwärts. In ihrer Hand hielt sie die vier violetten Steine des Messkelchs. Sie hatte keine Taschen. Sie wusste nicht, wo sie sie verstecken sollte, und presste ihre Finger so fest zusammen, dass sie zu bluten glaubte.

Jef aber zog seinen Überzieher aus, stellte dem Schiffer kurze Fragen. Vom Kahn waren nur noch die Aufbauten zu sehen: ein Teil des Kabinendachs, die Kupferhaube über dem Steuerruder und der gebrochene Mast. Fred spielte den Zuversichtlichen. Der Schiffer kam mit seinen Erklärungen zu Ende und sah Jef mit leisem Grauen an.

Jef streifte seine Holzschuhe ab, dann warf er sich einfach ins Wasser und stieg auf das Wrack. Das Wasser reichte ihm bis an die Brust, doch plötzlich verschwand er vollständig, er hatte wohl die Kabinentür gefunden.

Man sah einen Wirbel. Das Wasser war schwarz. Der Wind drückte es gegen die Böschung, die so glitschig war, dass der Schiffer beinahe in den Kanal gerutscht wäre. Jef tauchte auf, schrie dem Schiffer etwas zu und verschwand von neuem.

Endlich war er wieder zu sehen. Er schwamm zur Böschung, einen weichen Gegenstand in der Hand. Man musste ihm nach oben helfen. Seine nassen Füße glitten auf dem Lehmboden aus. Er war kreideweiß, fast blau, seine Lider waren gerötet, sein Mund stand offen, sein heißer Atem kam kurz und stoßweise.

Er ließ das weiche Ding zu Boden fallen. Es war eine Brieftasche. Der Schiffer öffnete sie und zog verklebte Tausendfrancscheine heraus.

Edmées Hand blutete jetzt wirklich, so fest hatte sie die violetten Steine umklammert, die sie am liebsten in den Kanal geworfen hätte.

5

Drei Tage lang glich die Tante einer verängstigten Katze, die im Trubel eines Umzugs ständig um ihre Jungen herumstreicht, weil sie sich nie am selben Platz befinden. Wie eine Katze hatte sie auch Edmée adoptiert, ohne sie sich genauer anzusehen, und wenn sie nun mitunter einen Blick auf sie warf, konnte sie sich einer leisen Verwunderung nicht erwehren.

Der Unfall stellte auch den gewohnten Tagesablauf in den Rieselungen auf den Kopf, vielleicht sogar noch einschneidender als der Tod des Onkels, und diese Wiederholung empfand die Tante als beunruhigend, ja, sogar als eine Bedrohung.

Mia hatte Edmée anvertraut, dass ihre Mutter früher nur einmal im Jahr, nämlich am 1. Januar, nach Maeseyck gefahren war, um Onkel Louis, ihrem ältesten Bruder, ein gutes neues Jahr zu wünschen. Abgesehen von diesem Ausflug verließ sie Neeroeteren niemals, und Besucher waren eine solche Seltenheit, dass der Onkel, wenn er in die Rieselungen kam, auf den ersten Blick ein Glas auf dem Tisch, Tabak- oder Genevergeruch wahrnahm.

»Wer war denn da?«

Das Leben verlief in einem fest eingefahrenen Rhythmus: An einem Wochentag wurde Brot gebacken, an einem anderen waren es Waffeln oder Pfannkuchen, und einmal im Monat begab man sich auf den Friedhof.

Jetzt aber spürte man deutlich, dass alles ins Wanken geraten war. Angefangen hatte es mit der Ankunft Edmées und der Beerdigung, nun kam der Unfall und seine Folgen. Fred schenkte Leuten ein, mit denen sein Vater nie angestoßen hätte, er ließ Burgunder auftischen, obwohl die Umstände einen so edlen Tropfen eigentlich nicht rechtfertigten.

Die Tante schwieg zu allem. Von morgens bis abends war sie auf Trab, doch manchmal glomm in ihren glanzlosen Augen eine leise Unruhe auf.

Für den Schiffer und seine Frau musste ein Zimmer hergerichtet werden, denn Fred hatte ihnen angeboten, im Haus zu übernachten, bis das Schiff wieder flottgemacht würde. Den Fuhrmann brachte man im Schuppen unter. Da waren Leintücher aus den Schränken zu holen, Fußböden zu kehren und für die Kleine trockene Kleider zu beschaffen.

Es hatte ununterbrochen geregnet, und überall im Haus, das geradezu durchlöchert schien, standen Wasserlachen.

Drei Tage lang blieb die Schiffersfrau auf ihrem Stuhl am Kamin sitzen. Alle halfen im Haushalt mit, denn es galt zwölf, mitunter sogar fünfzehn Personen zu verköstigen, sie aber nahm die viele Arbeit überhaupt nicht wahr.

Sie jammerte in einem fort, sodass sie den Eindruck erweckte, sie genieße ihr Unglück.

Am ersten Tag, gegen Mittag, erschien der Ingenieur vom Straßen- und Brückenbauamt mit dem Schleusenmeister. Sie hielten sich lange am Kanal auf, denn Jef hatte bereits eine Seilwinde auf der Böschung befestigt, um die toten Pferde aus dem Wasser zu ziehen.

Bei dem Unfall war alles so schnell gegangen, dass der Schiffer erst gar nichts bemerkt hatte. Als plötzlich starker Rückenwind aufkam, hatte sein leerer Kahn die Pferde überholt, sodass die Treidelleine schlaff wurde. Bei der Biegung des Kanals aber hatte der Schiffer seinen Kahn nicht mehr steuern können, sodass er die Böschung gerammt hatte. An einer anderen Stelle wäre der Schaden nicht so groß gewesen, aber hier befand sich ein gemauerter Tunnel mit einem Schütz, durch das das Kanalwasser auf die Wiesen geleitet wurde.

Fred erklärte nach einem flüchtigen Blick:

»Der Vordersteven hat das Einlaufschütz gerammt und es zerstört. Ich wette, dass der Schiffsrumpf ein türgroßes Leck hat.«

Als der Kahn plötzlich zum Stehen gekommen war, hatte sich die Treidelleine mit einem so scharfen Ruck gespannt, dass die Tiere in den Kanal gerissen wurden. Während der Schiffer seine Frau und seine Tochter in Sicherheit brachte, hatte der alte Fuhrmann, hilflos gestikulierend, voller Grausen zusehen müssen, wie die in der Leine verwickelten Tiere zu schwimmen versuchten, an der glitschigen Böschung jedoch nirgends Halt fanden. Noch achtundvierzig Stunden später war er ganz verstört. Und trotzdem hatte er es fertiggebracht, im strömenden Regen, der auf seinen Schultern glänzte, in einem Boot zu den im Wasser treibenden Tieren zu rudern und ihre Beine zu vertäuen.

Edmée war dabei anwesend. Sie konnte nicht im Haus bleiben. Es trieb sie ein dunkles Bedürfnis, bei den Männern zu sein, sie reden, schreien zu hören, den Regen auf ihrer Stirn zu spüren, wo sich ihre Härchen kräuselten.

Jef betätigte die Winde, und alle halfen mit, das Rad zu drehen. Unendlich langsam, Zentimeter um Zentimeter glitten die ungeheuerlich großen und schweren Kadaver mit schon aufgeschwollenen Bäuchen die Böschung hinauf.

Fred trug als Einziger Gamaschen und einen Ledermantel, sodass er wirklich wie der Gutsherr aussah. So, wie sich die Schiffersfrau in ihr Unglück hineinsteigerte, so gefiel er sich in seiner Rolle als wichtige Persönlichkeit, die alles unter sich hat und bei der sich jeder seine Anweisungen holt. Seine regennasse Nase wirkte noch länger als sonst, und mehr denn je fiel Edmée die Asymmetrie seiner Gesichtszüge auf.

»Geh ins Haus, um dich aufzuwärmen!«, rief er ihr zweimal zu.

Doch sie blieb, blaugefroren und durchnässt, wie sie war, am Kanal. Die violetten Steine hatte sie am Fuß einer Pappel in der Erde vergraben. Stundenlang hatte sie Jef belauert, sehnsüchtig auf den Moment gewartet, mit ihm sprechen zu können, und sie hatte ihn die ganze Zeit mit so eindringlich fragenden Augen angesehen, dass sie sie schmerzten. Er hatte keinen Muckser getan. Es sah fast so aus, als würde er ihr aus dem Weg gehen. Er arbeitete unaufhörlich, mehr als alle anderen zusammen, jedem nahm er die Arbeit aus der Hand.

Bei Tisch musste man zusammenrücken. Man hatte drei Kaninchen geschlachtet. Ohne je eine Frage zu stellen, hörte die Tante den Gesprächen der Männer zu, dann und wann übersetzte Mia für Edmée einen Satz.

»Wir haben einen Taucher und ein Schleppschiff herbestellt. Hast du schon einmal einen Taucher gesehen?«

Anfangs hatte man erwogen, den fünf Kilometer langen Kanalabschnitt zwischen den zwei Schleusen leer laufen zu lassen, aber der anhaltend starke Regen vereitelte diesen Plan. Doch das Wrack konnte nicht ewig den Kanal versperren und alle anderen Schiffe aufhalten.

Nach einem Schnaps und einer Zigarre kehrten die Männer zum Kahn zurück, dann begaben sie sich nach Neeroeteren, und am nächsten Tag trugen sich in den Rieselungen noch ungewöhnlichere Dinge zu.

Beim Aufstehen erblickte Edmée auf dem Kanal, den sie immer nur verlassen gesehen hatte, einen Zug von acht Kähnen. Tutend fuhr ein Schlepper an ihnen vorbei, der sich dem Wrack näherte. Eine Menschenmenge machte sich auf der Böschung zu schaffen.

Edmée zog sich in Windeseile an und rannte trotz Sturm und Regen zum Kanal. Wenn sie mit der Tante, der Schiffersfrau und Mia in der Küche blieb, würde sie ersticken. Der Trubel ängstigte sie vielleicht noch mehr als die Tante, sie hatte das Gefühl, dass die Ereignisse eine verhängnisvolle Kette bildeten, die das ganze Haus bedrohte.

Am Vorabend waren Edmée in ihrem Bett so viele Gedanken durch den Kopf geschwirrt, dass sich die Grenzen zwischen Albtraum und Wirklichkeit verwischten. War nicht der Onkel genau in dem Augenblick gestorben, als sie in den Rieselungen eintraf? Mias Ausschlag hatte sich verschlimmert. Ein Unfall war geschehen, und Jef hatte eine gotteslästerliche Tat begangen.

Sie wagte nicht mehr, die Hand ihres Cousins zu berühren. Sie fragte sich, wie er sein gewöhnliches Aussehen bewahren, arbeiten, mit den Leuten sprechen konnte, nur nicht mit ihr. Und er blickte ihr nicht einmal mehr ins Gesicht.

Onkel Louis stand auf dem Damm, auch er trug Gamaschen. Seine Anwesenheit und vor allem seine Art, ganz selbstverständlich die Leitung der Arbeiten zu übernehmen, brachten Fred gegen ihn auf. Der Schlepper war mit einem Kran beladen. Der Taucher zog seinen Gummianzug an, Gehilfen schraubten den Kupferhelm auf.

Edmée hatte sicher Fieber, denn während sie so allein von einer Gruppe zur anderen schlenderte, überfiel sie manchmal ein nervöses Zittern.

Noch einmal rief Fred ihr zu:

»Du solltest lieber ins Haus laufen und den Frauen zur Hand gehen!«

Später tätschelte ihr Onkel Louis wohlwollend die Wange und sagte:

»Holst du dir auch keine Erkältung, Kleines?«

Sie zog alle Blicke auf sich. Da waren die Männer und Frauen der anderen Kähne, die darauf warteten, diesen Kanalabschnitt passieren zu können, und die stündlich zahlreicher wurden. Edmée hatte weder ihren schwarzen Schal noch Holzschuhe anziehen wollen. Sie hatte einen leichten Gabardinemantel übergeworfen, der zwar nicht wasserdicht war, ihr aber das Aussehen eines jungen Mädchens aus der Stadt verlieh.

Sie sah, wie die Leute Fred fragten, wer sie sei, und manche warfen ihr dabei Blicke zu, die sie erbosten, ihr aber auch schmeichelten, denn sie ahnte, was sie zu bedeuten hatten. Man nahm sicher an, dass sie mit Fred ein Verhältnis hatte. Man fand sie hübsch, viel hübscher als die Mädchen vom Lande.

Am Morgen hatte sie sich halbnackt im Spiegel begutachtet. Sie war mager, vor allem ihre Beine, und ihr Schlüsselbein stand spitz hervor. Ihre Brüste zeichneten sich kaum ab, und doch war sie schon viel weiblicher als zum Beispiel Mia, deren Gestalt trotz ihres entwickelten Busens etwas kindlich Unfertiges hatte.

Was den Leuten vor allem auffiel, war das scharfgeschnittene, sehr bleiche Gesicht Edmées. Ihre Cousins und Cousinen, wie auch die hier versammelten Schiffer, hatten eine fleckige, unreine Haut, einen übertrieben ausgeprägten Gesichtszug, Platt- oder Stumpfnasen, zu dicke Lippen oder engstehende Augen.

Edmées Gesichtszüge dagegen waren ebenmäßig, ihre Haut samtig und rein, genau wie bei den jungen Mädchen auf den Farbkalendern, die in den Dorfläden hingen. Sie hatte auch ein ganz anderes Lachen als ihre Cousinen, sie wandte den Kopf nicht ab, wenn jemand sie ansah oder auf Flämisch von ihr sprach.

Alles schwieg, als der Taucher, umgeben von lauter Luftblasen, ins Wasser glitt. Deutlich vernahm man das Keuchen der beiden Männer, die die Pumpe bedienten. Edmée hatte eine ganz ähnliche Empfindung wie beim Tod des Eichhörnchens, wenn auch in abgeschwächter Form. Man hatte die toten Pferde noch nicht weggeschafft, und ein Fuhrmann brachte sogar den Mut auf, einem der Tiere das Maul zu öffnen, um unter ständigem Gebrummel nach dessen Zähnen zu sehen.

Der Kupferhelm tauchte auf, verschwand erneut. Der Ingenieur, die Kranführer, Fred und der Taucher hatten ständig etwas zu bereden. Dann gingen die einen zum Haus zurück, während die anderen weiterarbeiteten.

Noch nie war es im Haus so laut zugegangen. Mia bediente, lief von Tisch zu Tisch, schenkte den Schiffern, die mit ihr herumscherzten, Bier oder Genever ein.

›Sie ist hässlich und vulgär‹, dachte Edmée.

Mittags wurde ein Tisch in der Küche, ein anderer im Salon gedeckt. Die Frauen saßen gerade beim Essen in der Küche, als Mia ihrer Cousine mitteilte:

»In der Kirche soll etwas gestohlen worden sein.« Edmée ließ sich nicht aus der Ruhe bringen, sie wirkte ungezwungen, fast gleichgültig.

»Was denn?«

»Die Steine am Messkelch. Aber sie sind unecht. Der Pfarrer hat nicht einmal Anzeige erstattet.«

Das war eine Enttäuschung, weniger weil die Steine nicht echt waren, sondern weil man die Sache auf die leichte Schulter nahm und sie so jeden Glanzes beraubte.

Mehrmals spürte Edmée den fragenden Blick der Tante auf sich ruhen, und das verwirrte sie weit mehr als die Entdeckung des Diebstahls. Die Tante sagte etwas, und Mia musste es übersetzen.

»Mama findet, es gehört sich nicht, dass du den ganzen Tag mit den Männern am Kanal verbringst.«

Edmée fühlte, wie ihr das Blut bis in die Ohren stieg, sie erhob sich von ihrem Sitz und erwiderte:

»Sag ihr, es gehört sich noch weniger, dass ein junges Mädchen Fuhrleuten ausschenkt.«

Sie lief auf den Hof, rannte zur Hütte, wo niemand Feuer gemacht hatte. Sie war hungrig, denn man hatte sich eben zu Tisch gesetzt, als es zu dieser Auseinandersetzung kam. Ihr war kalt. Und sie war außer sich, weil sie gespürt hatte, dass von allen Familienmitgliedern nur die Tante, obwohl sie kein Wort Französisch verstand und nie das Haus verließ, etwas ahnte.

Was konnte sie denn ahnen? Edmée wusste es selbst nicht so genau. Aber es lag etwas in der Luft, etwas, das sie nicht in Worte zu fassen vermochte. Sie dachte an die Eichhörnchen, das Verhalten von Jef, die Steine des Messkelches.

Aber da waren noch andere Dinge, die sich nicht so leicht benennen ließen. Am Vorabend hatte sie im Halbschlaf alles fast zum Greifen nahe gespürt, doch in der kalten Dunkelheit erschienen ihr nur verzerrte Formen, Bilder, Worte, die am hellen Tag jeden Sinn verloren. Edmée sah alle Gesichter rund um den Tisch: Freds wulstige Lippen, seine Züge ohne jedes Ebenmaß, Jefs vorgewölbte Stirn, Mia mit ihrem Ausschlag, die trotz ihres Busens und ihrer neunzehn Jahre noch keine richtige Frau war. Eines der kleinen Mädchen schielte. Die Familie behauptete, es sei nur eine kleine Schwäche, die sich mit der Zeit geben würde. Aber sie schielte doch wirklich! Und die Jüngste war in ihrer Entwicklung um zwei Jahre zurückgeblieben!

Edmée, und nur sie allein, hatte erraten, dass Onkel Louis am Neujahrstag Fred hatte allein sprechen wollen, um ihm seine Besorgnis mitzuteilen und ihm eine Gardinenpredigt zu halten.

Zu seinen Lebzeiten hatte sich der Onkel mit einer Frau in Hasselt getroffen, wo auch Fred, genauso wie nach Liège und Brüssel, hinfuhr, nur um dicke Weiber aufzusuchen.

Hasste Edmée sie denn alle? Das wusste sie nicht, aber sie hatte Jef dazu angestachelt, die Steine des Messkelches zu stehlen. Allerdings hatte sie nicht geglaubt, dass er es tun würde, und sie hatte einen eisigen Schauer am ganzen Körper verspürt, als er ihr die harten violetten Steine in die Hand gedrückt hatte.

Nun hatte er sich verändert. Er sah ihr jetzt genauso wenig ins Gesicht wie allen anderen. Und seit Fred sich am Morgen die doppeldeutigen Bemerkungen über Edmée angehört hatte, sah er sie auch mit anderen Augen an.

Wenn sie am helllichten Tag, im weißen Licht des verhangenen Himmels an diese Dinge dachte, waren sie nicht weiter wichtig. Doch wenn sie ihr bei geschlossenen Augen im warmen Bett durch den Kopf schwirrten, verknäulten sie sich zu einem bösartigen, giftigen Gewirr.

Am Nachmittag ging Edmée wieder zum Kanal, weniger weil sie besondere Lust dazu verspürte, als um ihre Tante und Mia zu bestrafen. Zudem bereitete es ihr körperliches Vergnügen, sich inmitten der arbeitenden Männer zu bewegen, sich mit ihnen zu vergleichen, ihre Blicke auf sich gerichtet zu fühlen, ihre Gedanken zu erraten.

Sie war erschöpft, denn zum vierten Mal schon lief sie über die nassen Felder.

Ihre schwarzen Strümpfe waren bis zu den Knien durchnässt und klebten an den Waden. Sie konnte sich nirgends hinsetzen. Stundenlang musste sie auf den Beinen bleiben, und wenn der Regen einen Augenblick aussetzte, fielen ihr von den Pappeln dicke und kalte Tropfen auf den Kopf.

Man hatte den Riss im Schiffsrumpf mit Säcken zugestopft. Der Kran hatte den Kahn aus dem Wasser gehoben. Jetzt wurde er mit Motorpumpen vom Schlepper aus leer gepumpt. Man hörte ein gleichmäßiges Brummen und das Rauschen von Wasser, das in plötzlichen Sturzbächen auslief.

Onkel Louis, Fred, der Ingenieur und ein eben eingetroffener Versicherungsvertreter untersuchten den Schaden am Schütz. Zu diesem Zweck hatte man alle kleinen Kanäle der Rieselungen entleert, und nun verstand auch Edmée, wie das Bewässerungssystem funktionierte. Vom Hauptkanal führten mehrere Zuleitungskanäle in die Wiesen. Sie wurden mit Hilfe von Schützen reguliert, zu denen Jef den Schlüssel besaß. Die übrige Anlage glich dem Venengeflecht in einem Körper. Vom Zuleitungskanal gelangte das Wasser in kleinere Kanäle, die sich in eine Vielzahl von Rinnen verzweigten.

Überall konnte das Wasser gestaut oder abgelassen werden. Diese Operationen unterstanden Jef, und wenn man ihn sah, wie er mit vorgebeugten Schultern und gesenktem Kopf über die Wiesen schritt, von einem Schütz zum anderen, bald Strudel auslöste, bald das Wasser abfließen ließ, erschien er als der leibhaftige Wassergeist, der die Rieselungen belebte. Selbst Onkel Louis, der doch hier geboren war, fragte ihn um Rat, denn Jef wusste, an welchem Triebwerk ein Zahn fehlte, aus welcher Rinne das Wasser nicht abfließen würde, da das Gefälle nicht stark genug war, und er kannte die Stellen, wo sich Otter aufhielten.

Als das Wasser abgelaufen war, kam schwarzer Schlamm zum Vorschein, in dem alle möglichen Gegenstände hingen, die vielleicht schon seit Jahrzehnten auf dem Grund des Kanals gelegen hatten: Eisenteile, Tonscherben, ein Fassreifen, ein Eimer, viele Meter Kabel und sogar ein Gitterbett.

Plötzlich vernahm man ein rhythmisches Pochen und ein Tuten. Es waren die Kräne, die den Vordersteven des Kahns aus dem Wasser hievten.

Als am Abend alle im Haus waren, auch die Arbeiter, denen Fred zu trinken spendierte, fragte Mia Edmée:

»Welcher ist es denn?«

»Welcher was?«

»Der Taucher.«

Dieser war ein ziemlich dicker, lebenslustiger Mann, der wie ein städtischer Arbeiter gekleidet war und mit runden Augen um sich blickte. Er war kein Flame, sondern ein Wallone, der auf seinem Motorrad aus Liège gekommen war. Er war immer zu Späßen aufgelegt, und alle fünf Minuten fiel ihm ein neuer Scherz ein.

In der Stube herrschte ungewohnter Trubel. An jedem der lackierten Kiefernholztische saßen mindestens vier Personen. Die Schiffersfrauen hielten ihre Kinder auf dem Schoß. Der Raum wurde nur durch eine Petroleumlampe erhellt. Alle sprachen laut, und dennoch herrschte eine gedämpfte, etwas bedrückte Stimmung. Nur Mia war in Bewegung, in Filzpantoffeln schlurfte sie von Tisch zu Tisch und schenkte ein.

»Du bist doch keine Flämin!«, sagte der Taucher zu Edmée.

»Nein.«

»Gott sei Dank! Die gehen mir mit ihrem Dialekt, ihren miesen Zigarren und ihren trüben Funzeln nämlich auf den Geist. Sag mal, wenn du keine Flämin bist, was treibst du dann hier?«

Er hatte ein nettes Gesicht. Er zog Edmée an sich, während sie ihm Antwort gab.

»Ich bin die Cousine.«

»Ach, so! Das ist für dich aber auch kein Honiglecken, was?«

Seine Hand fasste Edmée an der Taille, glitt wie zufällig ein wenig nach unten, lag auf ihrer Hüfte, übte leichten Druck aus. Edmée rührte sich nicht. Es war ihr peinlich, doch hatte sie keine Lust wegzugehen, sie dachte an den Kupferhelm, den sie im Wasser gesehen hatte.

»Willst du nichts trinken? Wer ist denn hier der Chef, der Junge in seinem Lederzeug oder der Alte mit dem grauen Schnurrbart?«

Edmée lachte pikiert. Das reichte. Sie musste hier weg. Gleich neben der Petroleumlampe saß Fred und starrte sie an.

»Einen Augenblick! Ich glaube, ich werde gerufen …«

Der Mann machte eine Bewegung, um sie zurückzuhalten. Sie wich ihm schnell aus. Sie wusste nicht, wohin, oder vielmehr: Sie hätte sich gerne mit Jef in der Hütte eingeschlossen, um vor dem großen Feuer zu sitzen und in die Flammen zu starren, während Jef schnitzen und sie heimlich bewundern würde. Aber Jef war mit seinem Wagen nach Neeroeteren gefahren, um Brot für das Abendessen zu holen. Er hatte ihr nichts davon gesagt, sie nicht aufgefordert, ihn zu begleiten.

Sie vermied es, durch die Küche zu gehen, und trat ins Freie. Es regnete nicht mehr, dafür war ein starker Wind aufgekommen. Tiefhängende Wolken jagten über den Himmel, und der Mond, der dann und wann hinter ihnen aufleuchtete, ließ alle Konturen scharf hervortreten.

Es war hochdramatisch, wie diese Wolken ans Ende der Welt rasten, und Edmée fragte sich, ob jemals eine die andere einholen konnte. Sie blickte so lange nach oben, bis ihr Nacken schmerzte. Hinter ihr tropfte es aus einer Regenrinne wie aus einem Wasserhahn.

Plötzlich spürte sie, dass jemand hinter ihr stand. Sie senkte schnell den Kopf, da war schon Fred in seiner schwarzen Jacke ganz nah an sie herangetreten. Er lächelte auf eine Art, die sie noch nie an ihm gesehen hatte.

»Du willst wohl Luft schnappen.«

Seine Hände waren weiß in der Nacht. Edmée sah, wie er sie hob, sie unschlüssig in halber Höhe verweilen ließ, doch dann umfassten sie ihren Kopf.

»Du bist mir eine komische Cousine!«

In seiner Stimme schwang verdächtige Zärtlichkeit, zugleich kam sein Gesicht so nah, dass sie nur noch seine Nase sah. Eine Lippe berührte die ihre. Sie erstarrte, bog sich zurück, um Freds Brust nicht mehr zu spüren. Er roch nach Genever, Pomade und feuchtem Ziegenleder.

»Stell dich nicht so an!«, flüsterte er.

»Ich schreie!«

Ihre Gesichter waren kaum fünf Zentimeter voneinander entfernt, und das nur, weil sie sich mit aller Kraft zurückbog.

»Sei still!«

Lauter als vorher, sodass man sie von der Stube aus hätte hören können, rief sie noch einmal:

»Ich schreie!«

Er ließ sie plötzlich los, zuckte die Achseln, brummte auf Flämisch, dann auf Französisch:

»Dummerchen!«

Er hatte sich schon drei Meter entfernt, blieb wieder stehen und sagte:

»Taucher sind dir wohl lieber?«

»Ja! Und wenn er wollte, würde ich ...«

Sie brach plötzlich ab. Ihr fehlten die Worte, die verletzend genug gewesen wären. Zum Glück trat er schon ins Haus. Eine Stunde später kehrte auch sie zurück, weil es anfing zu regnen und weder am Himmel noch auf der Erde der geringste Lichtschein zu sehen war.

In der Stube spielten die einen Domino, die anderen Karten. Onkel Louis war in seinem Wagen heimgefahren. Mia sammelte die Flaschen auf den Tischen ein und nannte eine Summe:

»*Vijf franks ...*«

Fünf Franc! Sie kassierte, holte das Wechselgeld aus ihrer ursprünglich rosaroten, inzwischen schwarz verfärbten Schürze.

In der Küche schlummerte die kleine Tochter des Schifferehepaars auf dem Schoß ihrer Mutter, und die Tante blickte Edmée nach, die sich zur Treppe wandte, um sich auf ihr Zimmer zu begeben.

6

Noch war der Tag nicht ganz angebrochen, und auf den Feldern lag kalter Nebel, als drei schrille Pfiffe ertönten. In den Rieselungen saß man beim Frühstück. Edmée, die vor Kälte zitterte, wärmte ihre Finger über dem Feuer. Im trüben Licht hinter den Scheiben zeichnete sich schemenhaft der Schlepper ab, der den Damm entlangglitt und den havarierten Kahn hinter sich herzog. Doch man hatte den Eindruck, dass sie weder den Kanal noch den Erdwall berührten, sondern auf dem Nebel schwammen.

In ihrem Gefolge bewegten sich auch die anderen Schiffe, die wie Spielzeug am Horizont entlangschwebten. Der Kanal leerte sich. Leer war mit einem Mal auch das Haus, wie der Körper und das Gehirn eines Menschen, der eine Orgie gefeiert hat.

Ohne zu wissen, warum, waren alle irgendwie verstimmt. Überall waren noch Spuren des Trubels zu sehen. Man hatte sehr viel Alkohol zu sich genommen, und in der Stube standen lange Flaschenreihen auf dem Boden. Die zerbrochenen Gläser hatte man hinter die Theke geschoben. Während der letzten drei Tage war Fred mehrmals betrunken gewesen. Seine Stimme tönte dann viel lauter. Er machte ausladende Bewegungen und sprach mit einem Nachdruck, der in keinem Verhältnis zum Gesagten stand.

Jetzt war er müde. Man sah es ihm an. Seine Mutter fragte ihn etwas auf Flämisch, und in seiner Antwort kam zweimal der Name von Onkel Louis vor. Als er das Haus verließ, wollte Edmée von Mia wissen, wohin er ging.

»Übermorgen ist eine große Zahlung fällig, und das Geld, mit dem er fest gerechnet hat, ist nicht eingegangen. Aber der Onkel wird das schon deichseln ...«

Und Mia zog Edmée in ihr Zimmer, zeigte ihr stolz ein mit Münzen gefülltes Leinensäckchen.

»Schau mal, was ich in drei Tagen verdient habe: dreiundsechzig Franc vierzig!«

Sie hatte von den Gästen Trinkgelder angenommen. Sie entfaltete eine flämische Zeitung und zeigte Edmée auf der letzten Seite das Foto einer Handtasche. Darüber war der Preis vermerkt: 42 Franc.

»Sie ist wunderschön! Ich will gleich schreiben und das Geld abschicken.«

Jedem bedeuteten diese drei Tage etwas anderes. Mia freute sich über das Geld, das sie in eine Tasche umsetzen würde. Fred trauerte dem schönen Gefühl nach, viele Menschen um sich zu haben, als Chef behandelt zu werden, das große Wort zu führen und Schiedamer zu trinken.

Jef jedoch ließ sich fast nicht blicken, denn er hatte sich in den Kopf gesetzt, das Gemäuer am Einlaufschütz selbst wiederaufzubauen. Nicht dass er Edmée gemieden hätte, aber er tat nicht das geringste, um ihr zu begegnen. Er beobachtete sie heimlich, schien manchmal etwas sagen zu wollen, zog es aber doch vor zu schweigen.

Alles schien seinen Gang zu gehen, es geschah eigentlich nichts, und doch geisterten Edmée abends vor dem Einschlafen jetzt immer chaotische Gedanken durch den

Kopf. Sie selbst beschwor eine Art Delirium herauf, das an die Stelle der Eichhörnchenvisionen trat. Die Zimmer waren ungeheizt, die Leintücher eiskalt, und trotz der Wärmflasche schlugen in der Dunkelheit ihre Zähne aufeinander.

Dann begannen die Bilder auf sie einzustürmen. Die Prozession wurde fast immer von Fred angeführt, der sie lüstern, mit feuchten Lippen betrachtete und sie zu streicheln versuchte. Das hatte er im Flur des Obergeschosses schon zweimal getan. Wenn sie einander begegneten, konnte er seine Hände nicht im Zaum halten, besonders auf ihre Hüften hatten sie es abgesehen, sein Mund verzog sich dabei zu einem gezwungenen Lächeln.

In der abendlichen Prozession kam die Tante gleich hinter Fred, und Edmée sah sie mit ihren zaghaften Schritten zur Pappel gehen, an deren Fuß sie die unechten Edelsteine vergraben hatte. Weitere Bilder reihten sich mit geringfügigen Abweichungen aneinander: Bald weidete Jef ein riesiges Tier aus – vielleicht eines der Pferde, die den Kahn gezogen hatten –, bald sprang er von einer hohen Mauer herab, denn es war bekannt geworden, dass der Dieb der Kelchsteine die Kirche durch ein Fenster verlassen hatte, das sich sechs Meter über dem Erdboden befand.

Je wärmer es Edmée wurde, desto wilder ließ sie den Reigen tanzen. Sie vermochte ihn nicht mehr anzuhalten, sodass sie vor Erregung am liebsten geschrien hätte.

Und wenn sich Onkel Louis nun weigerte, das Geld vorzuschießen? Freds dicke Geliebte in Hasselt würde einen Skandal machen. Feldgendarmen führten Jef ab, der ein letztes Mal seine Taschen mit den in Asche gegarten Kartoffeln füllte.

Das Haus war in seinen Grundfesten erschüttert, und jeder blieb nur aus Gewohnheit an seinem Platz. Die Tante spürte es ja auch, sie blickte forschend in alle Gesichter, als wollte sie herausfinden, wer als Erster schwach würde.

Am Samstag blieb Edmée im Haus, denn sie hatte einen leichten Schnupfen. Als sie gegen Abend am Feuer saß, den Schal um die Brust gewickelt, die Augen starr auf die Flammen gerichtet, die gegen das mittlerweile spärlich einfallende Tageslicht ankämpften, beschloss sie, am nächsten Tag nicht zur Messe zu gehen, denn dann müsste sie auch kommunizieren.

Benutzte der Priester immer noch denselben Kelch, an dem jetzt die Steine fehlten?

Sie war nicht krank. Es war nur ein Anflug von Grippe, und vom vielen Schnäuzen hatte sie eine gerötete Nase. Sie ließ ihre Blicke von ihrem Platz am Herd aus über Menschen und Dinge schweifen, ohne sie wirklich ins Auge zu fassen. Als nur noch das Feuer den Raum erhellte, gelang es ihr, im Wachzustand eine ganz ähnliche Verschiebung der Bilder hervorzurufen, wie sie sich sonst nur in der wohligen Wärme ihres Bettes einstellen wollte.

Die Tante strickte. Mia holte nach Beendigung ihrer Haushaltspflichten einen Korb mit hässlichen Flanellstoffen und grauen Schnittmustern. Dann begann sie mit solcher Seelenruhe zu nähen, dass Edmée ihrerseits anfing, an ihren Nägeln zu kauen.

Am Sonntagmorgen blieb sie im Bett. In allen Zimmern zog man sich an. Mit einem Mal kam Edmée in den Sinn – es war schon angespannt –, dass auch Fred zu Hause blieb, dass sie allein mit ihm sein würde. Da packte sie eine solche Angst, dass sie beinahe doch aufgestanden wäre. Mia kam herein, fragte nach ihrem Befinden und erbot sich, bei ihr zu bleiben.

»Nein, ich will schlafen …«

Durch den Fußboden hörte sie, wie die Schokolade verteilt und die Messbücher aus dem Büro geholt wurden, dann rollte der Wagen aus dem Hof.

Edmée war nicht mehr müde und hatte keine Lust, noch länger im Bett zu bleiben. Sie wollte auch nicht nach unten gehen, denn der Raum, den sie am meisten hasste, war die Küche. Sie erhob sich lautlos, ging barfuß zur Toilette. Ihre Nase war nicht mehr rot. Sie rieb ihr Gesicht mit einem nassen Handtuch ab, kämmte sich, machte ihr Bett, legte sich wieder hinein und wartete.

Im Haus regte sich nichts. Schon seit langem war der Wagenlärm verklungen. Der Knecht öffnete die knarrende Stalltür und ließ die Kühe heraus. Schlief Fred denn noch? Nach einer Weile bemerkte sie undefinierbare Schwingungen, wie man sie manchmal spürt, wenn man seine Sinne auf einen Gegenstand konzentriert und selbst die von einer Fliege verursachte Luftbewegung wahrnimmt. Edmée täuschte sich nicht, denn im Zimmer, wo Fred schlief, stieß etwas gegen ein Glas. Edmées Busen hob sich langsam, und sie presste ihre Hände mit aller Kraft um ihre Brüste.

War es ein Kamm, der gegen die Waschschüssel aus Steingut schlug? Die Zimmer hatten kein Schloss. Edmée blickte starr auf die Tür, das Blut wich aus ihren Händen, ihrem Kopf und schoss in ihr Herz.

Endlich schlurften Pantoffeln durch den Flur. Ja, endlich! Denn länger hätte sie die Spannung nicht ausgehalten. Doch Fred horchte eine ganze Weile an der Tür, bevor er vorsichtig den Türknauf drehte. Er meinte wohl, sie schliefe. Als er den Kopf durch den Türspalt streckte, begegnete er ihrem versteinerten Blick, der ihn beinahe zum Rückzug bewogen hätte.

»Guten Morgen, Cousinchen.«

Auf seinem Gesicht erschien ein Lächeln, jenes breite, feuchte Lächeln, das sie so gut an ihm kannte. Er war nur mit einer schwarzen Hose und einem weißen Hemd bekleidet, aber er hatte sein Haar schon gescheitelt, von dem schaler Pomadegeruch ausströmte.

»Geht's dir besser?«

Sie vermochte nicht zu antworten. Sie sah ihn näher treten. Sie machte sich ganz steif, um ihre Angst zu verbergen, aber um nichts in der Welt hätte sie anderswo sein wollen.

»Soll ich dir etwas Heißes zu trinken bringen?«

Sie brauchte nur zu bejahen, und er würde unten Feuer machen, den Kaffee kochen, was einige Zeit in Anspruch nehmen würde.

»Nein!«

Er setzte sich auf die Bettkante, rückte ganz langsam näher, als wollte er sich für alle Fälle den Rückzug offenhalten.

»Grippe?«

»Ich weiß nicht.«

»Warum bist du so böse zu mir? Schon seit Tagen denke ich nur an dich.«

Das wusste sie. Es hatte genau zu dem Zeitpunkt angefangen, als die Schiffer sie bemerkt und Fred augenzwinkernd über sie ausgefragt hatten.

»Ich nicht.«

Sie trug ein Nachthemd, doch sie hatte die Decken bis unters Kinn hochgezogen. Um ihr ins Gesicht zu sehen, musste Fred sich auf eine Hand stützen, und diese Hand lag zehn Zentimeter von Edmées Bein entfernt.

»Du bist ein sonderbares Mädchen!«

»Ich weiß.«

Sie war aggressiv. Ihr Körper rührte sich nicht den Bruchteil eines Millimeters von der Stelle.

»Warst du noch nie verliebt?«

Es war lächerlich. Er bemühte sich, mit einer sanften, zärtlichen Stimme zu sprechen, die ebenso wenig zu ihm passte wie sein süßliches Lächeln, das er sich neuerdings angewöhnt hatte.

»Wenn du wolltest …«

Seine Hand kam in Bewegung, legte sich wie zufällig auf Edmées Knie. Durch die drei Decken hindurch vermeinte sie die Wärme dieser Hand zu spüren, die nun dazu überging, sie zu befingern.

Edmée dachte an die Fotos, die Mia in den Taschen ihres Bruders gefunden hatte, und ihre Angst wuchs so sehr, dass sie leichenblass wurde. Sie protestierte nicht, sie konnte sich nicht dazu aufraffen, ihren Qualen ein Ende zu machen. Noch ganz wenig mehr, und sie würde den Rückzug antreten …

»Hat dich noch nie ein Mann in die Arme genommen?«

Er hatte eine fettig glänzende Haut, grobe Gesichtszüge, einen zugleich verlegenen und siegesbewussten Ausdruck, der ihn bald jämmerlich, bald widerlich erscheinen ließ.

»Doch!«

In diesem Augenblick hasste sie ihn so sehr, dass sie ihn am liebsten in den Wahnsinn getrieben hätte.

»Macht dir das denn keinen Spaß?«

Die schwere Hand glitt nach oben, über das Knie hinweg, wanderte über ihren mageren Schenkel, gleichzeitig beugte sich Fred über sie und näherte sein Gesicht dem ihren.

War jetzt nicht die äußerste Grenze erreicht? Plötzlich schnellten Edmées Hände unter den Decken hervor, in rasender Wut fuhren sie ihm ins Gesicht. Er sollte Spuren davontragen!

»Dreckskerl! ... Dreckskerl! ... Dreckskerl!«

Er machte kaum den Versuch, sie zu bändigen. Das war auch unmöglich. Sie war geschmeidig und wild wie eine junge Katze. Er musste aufstehen, den Rückzug antreten. Als er mit einer Hand über seine Backe strich, bemerkte er, dass er blutete. Er rannte aus dem Zimmer, schlug die Tür hinter sich zu. Kurz darauf hörte sie ihn im Flur brummen:

»Du wirst doch nichts sagen?«

»Ich sage, was ich will.«

»Edmée, ich bitte dich ...«

»Dreckskerl!«

»Ich schwöre ...«

»Wenn's mir Spaß macht, rede ich!«

»Edmée, ich flehe dich an!«

Er konnte sie nicht auf ihrem Bett sitzen sehen, wie sie mit bebendem Leib, ein sattes, zufriedenes Lächeln auf den Lippen, das wohlige Gefühl auskostete, das ihren Körper so angenehm durchströmte wie die Wärme des Holzfeuers.

Sie sagte nichts, aber es machte ihr Spaß, beim Frühstück, als alle von der Messe zurück waren, ironische Blicke auf Fred zu werfen.

»Hast du dich verletzt?«, fragte Mia.

»Ich habe mich beim Rasieren geschnitten.«

Sie verspürte ein Hochgefühl, aber auch Furcht. Alles war unheimlich, selbst die träge Ruhe, die im Haus herrschte, seitdem keine Fremden mehr den allzu gleichförmigen Lebensrhythmus unterbrachen.

An diesem Tag regnete es nicht. Sogar Sonnenstaub tanzte in der Luft.

»Gehst du nicht mit Fred ins Hochamt?«

Diese Frage kam von Mia, die schlecht gelaunt war, weil ihre Handtasche, die sie sich für Samstag erhofft hatte, nicht eingetroffen war.

An diesem Sonntag herrschte eine noch größere Leere als gewöhnlich. Wie immer ging Fred weg, und kein Besucher ließ sich blicken, weder Onkel Louis noch einer der Feldhüter, die sonst bisweilen ein Bier oder einen Genever trinken kamen. Kein Radfahrer war auf dem Weg zu sehen, kein einziger Kahn auf dem Kanal.

Die bleiche Sonne, die manchmal zu erlöschen schien wie ein Nachtlicht, dessen Öl verbraucht ist, brachte den Menschen die unermessliche Leere noch deutlicher zum Bewusstsein. Es fehlte sogar der warme Duft von gebratenen Kaninchen oder Hühnern, die es jeden Sonntag gab, denn es mussten erst die Reste gegessen werden.

Gleich nach dem Frühstück machte sich Edmée auf die Suche nach Jef, aber sie fand ihn nicht. Er war nicht in der Hütte, wo kein Feuer brannte. Sie lief zum Kanal, in der Hoffnung, er würde am Einlaufschütz arbeiten, aber da war er auch nicht. Sie fühlte sich schrecklich verlassen. Sie wusste nicht mehr, wohin. Dreimal ging sie an der Pappel vorbei, an deren Fuß sie die violetten Steine vergraben hatte, aber sie wagte nicht, sich danach zu bücken. Die Erde war unberührt geblieben. Das Holzstück, mit dem sie die Stelle markiert hatte, war noch an seinem Platz.

Um zehn Uhr ging sie durch das Haus. Mia räumte oben die Zimmer auf und trällerte ein Liedchen. Die Tante stand neben dem Herd und zog die kleinen Mädchen an.

Die Tante und Edmée konnten nicht miteinander reden. Auch die Kleinen hatten noch kein Französisch gelernt. Sie lächelten einander zu, so herzlich sie es vermochten, und Edmée irrte durch die Höfe.

Der Knecht, der das Pferd striegelte, sprach nur Flämisch, aber als er sah, wie Edmée alle Türen öffnete und jemanden suchte, stieß er einen Pfiff aus und wies mit seinem Striegel auf das hinterste Gebäude.

Sie hatte es noch nie betreten. Es war die Schmiede, wo die Pferdehufe beschlagen wurden. Sie wurde so selten benutzt, dass die Doppeltür immer geschlossen war. Doch jetzt trat eine zarte Rauchfahne aus dem Kamin.

Als Edmée die Schmiede betrat, hörte sie ein leises Rascheln, als ob jemand, der sich erwischt fühlt, sich schnell verstecken wollte. Hinter einem Mauervorsprung entdeckte sie Jef, der die Fassung verlor.

»Was willst du denn hier?«

Seit dem Diebstahl waren sie zum ersten Mal wirklich allein. Jef konnte sich nicht entschließen, ihr ins Gesicht zu blicken. Sie ging um das Schmiedefeuer herum.

»Hat es dir die Sprache verschlagen?«

Sie bemerkte seinen starren Blick, aber er war gar nicht

mit dem von Fred zu vergleichen. Im Gegenteil! Jef sah so aus, als wollte er ihr gleich etwas sehr Böses sagen, sie beschimpfen.

Aus seinem Lederschurz holte er einen Gegenstand hervor, trat zu ihr und hielt ihn ihr wortlos unter die Nase.

»Was ist das?«

Das Ding glich einer Schirmspitze. Es war ein metallischer Gegenstand, oder es waren vielmehr zwei aneinandergelötete Metallstücke. Es hatte einen Eisenstiel und war mit einer Spitze aus hellerem Metall versehen.

Jef blickte Edmée mit harten Augen an.

»Ich verstehe nicht …«, stammelte sie.

»Der Blitzableiter!«

Nun verstand sie noch weniger und lachte.

»Was machst du für ein Gesicht! Sag schon, was es ist!«

»Der Blitzableiter der Kirche … Die Spitze ist aus Platin …«

Er sprach sehr ruhig, jede Silbe betonend.

»Ich habe ihn heute Nacht geholt.«

»Vom Kirchturm?«

Sie sah die flämische Backsteinkirche vor sich, das niedrige Kirchenschiff, das sich gleichsam zu ducken schien, den schmächtigen, hochaufragenden Turm, der an einen Telegraphenmast erinnerte.

»Bist du wahnsinnig, Jef?«

Ja, er musste wahnsinnig sein. Hinter seiner unnatürlich ruhigen Sprechweise, seiner allzu gleichmütigen Miene spürte sie eine Drohung oder eine tiefe Bitterkeit.

Er gab ihr keine Antwort. Mit der Zange trennte er die Platinspitze vom Eisenstiel ab und warf das Edelmetall in einen Tiegel, den er über dem Feuer erhitzte. Dann ging er zur Tür, sah nach, ob auch keiner kam, und verschwand hinten in der Werkstatt.

Noch nie hatte er so sehr wie ein Dorftrottel ausgesehen. Alles an ihm war missgestaltet, doch sein Blick war ruhig und entschlossen. Unter einem Haufen von Gerümpel zog er ein hölzernes Kästchen von der Größe einer Handschuhschachtel hervor. Schweigend stellte er es vor Edmée hin, kehrte zum Schmelztiegel zurück und betätigte den Blasebalg.

Edmée war verwirrt. Das Kästchen aus frischem Eichenholz war auf allen Seiten mit feinster Schnitzarbeit verziert, die wie Klöppelspitze wirkte. Vermutlich hatte Jef von Mias Stickvorlagen stilisierte Blumen übertragen und sie vervielfältigt und ineinander verwoben. In der Mitte des Deckels prangte ein ausgehobener Buchstabe: ein *E*.

»Jef!«

Er brummte nur, denn er hatte zu tun.

»Was willst du damit machen?«

Er schwieg, fachte das Feuer an, und als das Metall fast flüssig war, ergriff er den Tiegel mit der Zange und trat auf sie zu. Was er machen wollte? Das Holz mit Platin inkrustieren, die Vertiefung der Initiale ausgießen. Er arbeitete unter ihren Augen. Der Schweiß trat ihm auf die Stirn. Sein Gesicht war unbewegt. Die Sache gelang nicht wirklich, sie ging aber auch nicht ganz daneben. Hier und dort verbrannte das Holz und wurde an den Rändern des Buchstabens schwarz, das Metall schwappte an zwei Stellen über und bildete unbeabsichtigte Reliefs.

Trotz allem war das Ergebnis erstaunlich, für Edmée

geradezu umwerfend, und sie wollte das Kästchen auch gleich an sich nehmen.

»Es ist noch nicht fertig, ich muss es noch wachsen …«

Seine Stirn wirkte immer noch so störrisch, und sein Blick war so hart, dass man hätte meinen können, er übte Rache. Aber Edmée, die sich vor Fred fürchtete, empfand keine Angst vor Jef. Er war brummig, das war alles. Er hätte es nicht gewagt, sich über ihren Nacken zu beugen und seine Lippen darauf zu drücken.

Er tat schwierige, gefahrvolle Dinge. Er stahl die Steine vom Messkelch, er kletterte mitten in der Nacht allein auf den Kirchturm, er arbeitete heimlich viele Stunden wie ein Seefahrer mit seinem Messer an einem Stück Holz. Aber er blickte ihr nicht einmal ins Gesicht.

»Schenk es mir so, wie es ist!«

»Nein, es ist noch nicht schön!«

»Wenn ich es aber schön finde?«

Sie ließ ihm nicht die Freude, sein Werk zu vollenden, es auszufeilen. Sie hüllte das Kästchen in ihren Schal und wandte sich zum Gehen. Sie war schon an der Tür, wollte sie gerade öffnen, da besann sie sich doch noch, drehte sich um und rief:

»Danke, Jef!«

Als sie in ihrem Zimmer vor dem Kästchen saß, ging es ihr durch den Kopf:

›Hätte ich ihm nicht doch einen Kuss geben sollen?‹ Doch dann verhärtete sie sich wieder und entschied:

›Ach was! Dafür lohnt es sich nicht!‹

Es kam ihr flüchtig in den Sinn, im Kästchen die violetten Steine und anderes Diebesgut, das Jef ihr bringen würde, zu verwahren. Vorerst legte sie eine Fotografie hinein, die Mia ihr geschenkt hatte und die ihre Cousine und Fred am Schießstand auf dem Jahrmarkt in Neeroeteren zeigte. Mia lächelte glückselig, während Fred, das Gewehr angelegt, ein Auge zukniff.

Als Edmée am Abend die Treppe hinunterschritt, blickte sie wie eine Königin über die Familie hin, die schon bei Tisch saß. Fred wagte nicht, sie anzusehen. Jef, die Ellbogen auf den Tisch gestützt, schlang das Essen in sich hinein. Die Tante aber saß teilnahmslos da, ohne je aufzuschauen, und ihre wenigen flämischen Worte blieben unbeantwortet, denn in ihnen war weder Klang noch Leben.

7

Edmée hatte Fieber. Alice, die Jüngste, hatte sich in der Schule mit Scharlach angesteckt. Alles war hier ungesund: die Luft, der Himmel, die Erde. Es hatte zu viel geregnet. Es regnete immer noch, und wo man auch hintrat, war es faulig. Alles verschimmelte im Haus. Man musste einen halben Schinken wegwerfen, und abends waren die Leintücher feucht und schwer.

Mia behauptete, ihre Cousine habe Grippe, doch Edmée wollte es nicht wahrhaben, um nicht im Haus bleiben zu müssen. Eigentlich wusste sie selbst nicht, was ihr fehlte. Ihr Schnupfen wollte sich nicht bessern. Ihre Nase wurde immer röter und empfindlicher, ihre Augen glänzten, und sie spürte einen dumpfen Schmerz hinter den Ohren. Wenn sie in der Wärme die Augen schloss, hatte sie das Gefühl, ihr Kopf schwelle an und fülle sich mit seltsamen, zwielichtigen Wesen.

Aber Edmée wusste, dass die Sache kompliziert war. Die Wurzeln lagen weit zurück. Im Alter von vier oder fünf Jahren war sie mondsüchtig gewesen, fast jede Nacht hatte sie sich plötzlich im Bett aufgerichtet, hatte mit Entsetzen um sich geblickt, war in einen Redeschwall ausgebrochen, denn sie sah das Haus brennen, das Wasser steigen oder die Wände zusammenrücken, um sie zu zermalmen.

Nun aber war sie mondsüchtig, ohne zu schlafen. Sie brauchte nur die Augen zu schließen, und eine ganze

Prozession von Bildern zog an ihr vorüber. An manchen Abenden konnte sie nicht einschlafen vor Unruhe und Angst, und doch hätte sie nicht sagen können, wovor sie sich eigentlich fürchtete.

Sie hatte Fieber, und sie tat alles, damit es anhielt. So saß sie auch jetzt in der Hütte am Feuer, das sie selbst angezündet hatte. Sie hatte die Tür abgeschlossen, und sie blickte so lange in die Flammen, bis ihr schwindelte. Die Hitze des Feuers vermischte sich mit der Fieberhitze in ihr, und dieses Gefühl war wollüstig und grausig zugleich.

Würde sie Scharlach bekommen? Dieser Gedanke entsetzte sie, denn sie hatte Angst vor dem Tod. Warum brachte man denn Alice nicht ins Krankenhaus? Hier wurde sie doch nicht richtig versorgt, und der Arzt konnte nur einmal am Tag kommen.

Die Flammen hatten, vor allem an der Stelle, wo sie aus Tannenzapfen züngelten, eine schreckliche Leuchtkraft. Wahre Feuerspitzen drangen in Edmées Augen. Sie hielt ein zerknülltes Taschentuch in der Hand, um sich die Nase damit abzutupfen.

Den ganzen Nachmittag hatte sie Jef nicht zu Gesicht bekommen. Sie wusste nicht, wo er arbeitete, aber sie brauchte ihn nicht. Im übrigen wurde er immer verschlossener. Sein Verhalten hatte etwas Unheimliches, sein Blick war von bleierner Schwere, wie eine Hand, die sich einem plötzlich auf die Schulter legt. Wenn Edmée ihm unerwartet begegnete, schrak sie zusammen, als hätte sie jemand in einem vermeintlich einsamen Augenblick berührt.

Von Fred wusste sie, wo er sich befand. Er hatte sich im

Büro eingeschlossen, wo er, obwohl es erst drei Uhr war, eine Lampe hatte anzünden müssen, um seine Abrechnungen für die Steuererklärung zu machen. In seinem Blick war nichts Rätselhaftes, und doch erschien er am häufigsten in Edmées Angstvisionen: übermäßig fleischig, von unerträglicher Gesundheit. Seine unebenmäßigen Züge verzerrten sich dann zur Grimasse, die Augen traten ihm aus den Höhlen, sein Mund verzog sich zu jenem feuchten, zugleich unterwürfigen und selbstgefälligen Lächeln, das er immer aufsetzte, wenn er Edmée in einem Flur begegnete.

Mia war das nicht entgangen.

»Es sieht fast so aus, als wäre Fred in dich verliebt!«

Verliebt? Wusste denn Mia nicht ebenso gut wie sie, was das hieß? Hatte sie denn nicht auch die verblassten Fotos in Freds Taschen gesehen? Sie wusste doch, dass er nicht leben konnte, ohne einmal in der Woche nach Hasselt zu fahren.

Diese Woche aber hatte er es nicht getan. Er vertrödelte seine Zeit damit, Edmée in den Weg zu treten, sie unter einem fadenscheinigen Vorwand in sein Büro zu locken. Einmal konnte er ihr im Vorbeigehen an die rechte Brust fassen, und er schien überrascht, dass sie nicht völlig flach war.

Mindestens zwanzigmal hatte Edmée diesen Augenblick in ihrer Erinnerung heraufbeschworen, um ihr empörtes Zusammenzucken und die instinktive Abwehr ihres ganzen Wesens immer wieder auszukosten.

Ihr wurde heiß. Das Fieber, das rote Licht und die Hitze berauschten sie. Das Brausen in ihren Ohren vermischte sich mit dem Summen des Feuers.

Draußen fiel weicher weißer Regen. Die Scheiben waren beschlagen. Nur schon beim Anblick der Tröpfchen fühlte Edmée, wie ihr Tränen in die Augen stiegen.

Sie spürte in ihren Gliedern eine Unruhe, ein nicht zu beherrschendes Beben, das sie als böse Vorahnung deutete, denn beim Tod ihres Vaters hatte sie, noch bevor sie davon wusste, genau dieselbe Empfindung gehabt.

Durch die Regentropfen hindurch sah sie einen Lichtschein, der vom Krankenzimmer der kleinen Alice im ersten Stock kam. Im Erdgeschoss zeichnete sich der vornübergebeugte Rücken Freds ab, hinter dem eine Lampe stand.

Was war denn zu befürchten? Am Morgen hatte sie ein Polizist auf seinem Fahrrad in Angst versetzt, aber er war nur wegen einer Formalität, einen Landarbeiter betreffend, gekommen.

Edmée würdigte die Eichhörnchenfelle keines Blickes mehr, und sie ließ auch Jef gegenüber nichts mehr von einem Pelzmantel verlauten. Seit acht Tagen war sie nicht einmal mehr zur Pappel gegangen, an deren Fuß sie die violetten Steine vergraben hatte. Sie mochte sich auch nicht daran erinnern, wo sie das Kästchen mit ihrer ausgegossenen Initiale verwahrt hatte.

Kein Zweifel, sie war dabei, etwas auszubrüten, wie es von Alice geheißen hatte, die sich vor Ausbruch ihrer Krankheit zwei Tage lang sehr elend gefühlt hatte. Sie wälzte so schwere Gedanken in ihrem Kopf, dass die Knöchelchen hinter ihren Ohren druckempfindlich wurden. Ihre brennenden Augen nahmen nur noch verwischte Konturen wahr.

Sie stand auf, ging im Regen über den Hof, betrat den

Flur und nahm ihren Mantel. Unter der Tür zum Büro sah sie einen Lichtschein. Sie hörte, wie Fred sich erhob, die Tür öffnete.

»Wohin gehst du?«

»Spazieren.«

Ausnahmsweise war niemand in der Küche, denn die Tante und Mia hatten sich mit ihren Nähkörben ins Zimmer der kranken Alice begeben. Fred öffnete den Mund, um etwas zu sagen, besann sich anders, und Edmée konnte unbehelligt hinausschlüpfen.

Noch war die Dämmerung nicht angebrochen, aber die Umrisse wirkten schon schemenhaft. Edmée lenkte ihre Schritte zu dem Fichtenwäldchen, wo Jef vor ihren Augen das erste Eichhörnchen getötet hatte und wo man inzwischen Bäume gefällt und das Holz zu Stapeln aufgeschichtet hatte.

Sie spürte Fred hinter sich, auch ohne das Knarren der Tür hätte sie gewusst, dass er da war. Sie hatte Angst, blieb aber nicht stehen. Düster glänzten die Pappeln, die die Wiesen in Rechtecke aufteilten und deren nasse Stämme sich pechschwarz gegen den Himmel abzeichneten. Der Kanal wechselte täglich, ja, stündlich die Farbe, und nun, da die ganze Landschaft dunkel war, auch der Himmel, leuchtete er als weißlich schimmernder Streifen in der Ferne.

Ohne sich umzuwenden, lief Edmée in den Wald. Sie erschauerte, als sie in den Schatten der Bäume trat, aber sie eilte weiter und ging, alle Sinne aufs höchste angespannt, bis zu den säuberlich aufgeschichteten Ästen.

Hier war es fast trocken. Der Regen wurde vom schwarzen Dach der Fichten abgehalten, nur dann und wann tropfte Wasser von den Zweigen und bildete kleine Pfützen inmitten der rötlichen Nadeln.

Sie setzte sich auf einen Holzklotz. Sie wollte sich nicht direkt dem Haus zuwenden, weil sie wusste, dass Fred von dort kam. Von ihrem Platz aus konnte sie den Lichtschein in Alices Zimmer zwar nicht wirklich sehen, aber doch erahnen.

Im Wald waren keine Schritte zu hören, doch plötzlich spürte sie, dass Fred sie schon fast erreicht hatte, ihr so nahe war, dass er, um ihre Angst zu beschwichtigen, etwas sagen zu müssen glaubte:

»Du träumst wohl von deinem Geliebten?«

Sie wandte sich blitzschnell um, blickte ihm in die Augen. Er war noch befangener als sonst, und er sah so aus, als hätte auch er stundenlang in die Flammen gestarrt. Er setzte sich neben sie. Sie wich zur Seite. Er rückte näher an sie heran.

»Was willst du von mir?«

Ihre Angst war größer als an dem Tag, als er in ihr Zimmer gekommen war, und auch der Erdboden war noch durchnässter als an jenem Sonntag, die ganze Natur war trübseliger und hoffnungsloser. Und Alice war krank, die Küche verwaist. Jef aber irrte immer nur draußen umher, er kam nicht einmal mehr in die Hütte.

»Warum bist du so böse zu mir?«

»Ich bin nicht böse!«

Sie sah, wie Fred den Arm hob, um ihre Taille zu umfassen, und doch konnte sie sich nicht rühren. Sie hatte dasselbe Gefühl der Ohnmacht, das sie aus ihren Träumen kannte, wenn sie fliehen wollte und eine geheimnisvolle Schwere in ihren Beinen sie am Boden festnagelte.

»Den ganzen Tag denke ich nur an dich. Ich bringe nichts Vernünftiges mehr zustande. Du bist so anders als die anderen Mädchen.«

Trotz allem spielte ein Lächeln um Edmées Lippen. Er hatte also bemerkt, dass sie etwas Besonderes war!

Als Edmée ein Knie an ihrem Bein spürte, spannte sich ihr ganzer Körper wie eine Bogensehne, alles an ihr war so erstarrt, dass sie sich völlig taub fühlte.

»Ich kann kaum mehr schlafen.«

Er umfasste ihre Taille, die ebenso wenig seinem Druck nachgab wie das Bein, dennoch versuchte er, sie an sich zu ziehen. Sie sperrte sich mit aller Kraft, während er, völlig außer sich, mit dunkelrotem Gesicht Liebesworte stammelte. Seine Leidenschaft riss ihn so sehr fort, dass das Lächeln aus seinem Gesicht verschwand und einer gierigen Entschlossenheit Platz machte.

Ganz plötzlich las Edmée in seinem Blick die Veränderung, die mit ihm vorgegangen war. Entsetzt versuchte sie sich loszureißen.

»Nein! Lass mich … Nein!«

Freds Gesicht kam dem ihren immer näher. Seine Hände glitten ihren Oberkörper entlang, kneteten ihre Brust.

»Du tust mir weh!«

Ihre Angst war so groß wie in ihren schlimmsten Albträumen. Sie wusste nicht mehr, wo sie war, was mit ihr geschah. Sie hatte Angst! Sie wollte fliehen! Sie wollte schreien, aber sie brachte keinen Ton heraus. Noch in diesem Augenblick sah sie den Lichtschein im Fenster, aber vielleicht war das nur eine Täuschung.

»Ich will nicht!«

Freds eine Hand quetschte ihre Brust zusammen, die

andere tastete sich über ihren Leib, strich über ihr Knie, wanderte unter ihrem Kleid nach oben. Abscheulich war die Berührung dieser Hand auf dem nackten Fleisch über ihrem Strumpf.

»Ich will nicht!«

Sie lag halb unter ihm. Sie spürte, wie sich das Holz in ihre Knochen drückte und die linkische, gierige Hand an ihr herumfühlte.

Plötzlich brach sie in ein verkrampftes, irres Lachen aus. Sie lachte, während die dicke Hand an ihrer Unterwäsche zerrte, ungeschickt ihren Weg suchte und Fred die Geduld verlor.

Sein Blick war starr, wahnwitzig. Immer bösartiger funkelten seine Augen, er knurrte wie ein Tier, das überall auf Hindernisse trifft.

Sie hörte nicht auf zu lachen. Ihre Kehle tat ihr weh vor lauter Lachen. Zugleich bog sie sich so weit nach hinten, dass ihr Kopf tiefer zu liegen kam als ihr Bauch. Ihr ganzer Körper war hart wie Eisen.

»Lass mich los!«

Sie konnte nicht aufhören zu lachen. Das Gelächter riss sie fort, als stürzte sie einen Steilhang hinunter. Am liebsten wäre sie weggelaufen, in Tränen ausgebrochen, hätte sich auf den Boden geworfen und geweint. Aber sie lachte und presste ihre Nägel in Freds bläulich angelaufenen Nacken.

Mit einem Schlag erstarb ihr Lachen, als wäre plötzlich eine Marmorplatte zersprungen. Auch Fred rührte sich nicht mehr. In nächster Nähe war ein anderes Lachen erklungen, leichtes Rascheln verriet die Anwesenheit eines Lebewesens.

Fred versuchte sich loszumachen, stellte sich so ungeschickt an, dass er in die Fichtennadeln rollte und seine Cousine mitriss. Als er sich aufrichtete, waren seine Kleider und seine Haare mit Nadeln übersät. Er machte sich auf die Suche nach dem Wesen, das da gelacht hatte. Wie nahe es ihnen gewesen war, wurde ihm erst klar, nachdem er lange den dämmerigen Wald durchstöbert hatte.

Zutage kam ein kleiner Junge mit gelackten Holzschuhen, einer Strickmütze und einem Schal, der ihm um den Oberkörper geschlungen war. Er hatte einen drolligen, wie aus Holz geschnitzten Kopf mit hochroten Bäckchen, einem breiten Mund und schelmischen blauen Augen.

Als Fred den Knirps packen wollte, sprang dieser lachend zur Seite, und einige Augenblicke lang hätte man glauben können, er entwischte ihm. Er veräppelte die beiden auf Flämisch, vor allem ein Wort hatte es ihm angetan, das er auch noch wiederholte, als Freds Hand ihn schon am Genick packte.

Fred aber lachte keineswegs. Die Lage wurde hochdramatisch, vielleicht versuchte Fred auf diese Weise das Lächerliche der Situation zu überspielen. Er schüttelte das Kerlchen, stieß wütend ein paar Worte hervor, die Edmée so verstand:

»Schwöre, dass du den Mund hältst!«

Der Junge sah zu Edmée herüber, als wäre sie seine Komplizin.

»Schwöre, dass du den Mund hältst!«

»*Neen …*«

Übermütig lachte er ihm sein »Nein« ins Gesicht. Der Kleine sah die Gefahr nicht, feixte noch. Vielleicht trieb auch ihn eine dunkle Kraft, genauso wie Edmée.

»Schwör!«

»*Neen!*«

»Du willst also reden?«

Das Kind nahm Edmée zum Zeugen. Es war wirklich ein merkwürdiges kleines Kerlchen, in dessen Kindergesicht schon der Ausdruck eines Erwachsenen durchbrach. Als er Edmées Augen suchte, war sein Blick schelmisch, fast verliebt.

»Wem wirst du's sagen?«

Edmée konnte den Inhalt dieses Gesprächs nur erraten.

»Allen!«

Fred schüttelte ihn.

»Ich schenke dir fünf Franc!«

»Nein!«

Edmée bekam wieder einen Lachkrampf. Wenn sie am wenigsten darauf gefasst war, machte ihre Angst sich Luft. Sie lachte über ihren Cousin, die lächerliche Szene, die ganze Situation, und Fred hörte nicht auf, das Kind zu schütteln.

»Und ob du den Mund halten wirst!«

»*Neen!*«

Der Knirps wurde von Edmées Gelächter angesteckt. Es machte ihm Mut. Auch ihn packte eine fiebrige Erregung.

»Und ob du schweigen wirst!«

»*Neen! …Neen! …Neen!*«

Es war mittlerweile nicht mehr auszumachen, ob der Junge lachte oder schluchzte. Ganz plötzlich verstummte Edmées Lachen, sie fühlte die Katastrophe nahen und wusste im selben Augenblick, dass es schon zu spät war.

Außer sich vor Scham und Angst schleuderte Fred den Jungen zu Boden, einen flämischen Fluch ausstoßend.

Der kleine Körper fiel halb auf einen Baumstumpf und halb in die weichen Nadeln. Der Kopf war auf dem harten Holz aufgeschlagen. Der Knirps lachte nicht mehr. Sein Körper vollführte noch eine schwache, unendlich langsame Bewegung. Ein Händchen hob sich zum Gesicht, hielt einen Zentimeter davor inne, und man vernahm einen unbestimmten Laut, ein Wort, das nicht mehr zu verstehen war, vielleicht auch ein Wimmern.

Edmée hielt ihre Brüste umfasst. Fred wirkte größer und massiger als sonst. Mit gesenktem Kopf starrte er auf das Kind, murmelte etwas Bitterböses. Er bekam keine Antwort mehr. Er trat einen Schritt näher, senkte die Stimme zu einem tonlosen Flüstern.

Unwillkürlich stieß Edmée, überwältigt von der Erkenntnis, einen Schrei aus:

»Er ist tot!«

Aus dem blonden Haarschopf des Jungen sickerte Blut. Die rote Strickmütze lag am Boden, ein verdrehtes Füßchen steckte noch in einer Pantine.

Fred strich sich über das Gesicht. Er wagte nicht mehr, sich dem Kind zu nähern. Als eine Hand des Jungen eine letzte, kaum wahrnehmbare Bewegung machte, hätte er beinahe die Flucht ergriffen.

Mit einem Mal wurde ihnen klar, dass sie nicht zu zweit, sondern zu dritt auf die Leiche starrten. Nun beugte sich auch Jef, den sie erst gehört hatten, als er schon über die Lichtung rannte, über den Jungen.

Fred und Edmée waren erleichtert. Jef richtete sich auf, sah zum Haus hinüber, dessen Lichtschein durch die einbrechende Nacht blinkte. Fred stand an einen Baumstamm gelehnt und begann plötzlich hilflos zu weinen. Sein Anzug war noch mit Fichtennadeln übersät.

Jef, der in der Lichtung wie ein Bär wirkte, trat von einem Fuß auf den anderen. Schließlich richtete er das Wort an Edmée, ohne sie anzusehen.

»Wir müssen heim und den Mund halten! Vor allem den Mund halten!«

Bei diesen Worten hob Fred den Kopf, stammelte:

»Was willst du tun?«

»Sie soll erst mal heimgehen und den Mund halten!«

Edmée schlotterten die Knie, sodass sie kaum einen Fuß vor den anderen setzen konnte. Wenn sie die Leiche noch länger ansehen würde, würde etwas in ihr wie eine Feder zerspringen.

»Was werdet ihr tun?«, fragte sie, und es klang wie ein Echo auf Freds Stimme

»Wir werden schon sehen.«

Sie rannte davon. Sie war am Ende ihrer Kräfte. Sie wusste nicht einmal, durch welche Tür sie ins Haus gelangt war. In der Küche war das Feuer erloschen, doch als ihre Schritte auf dem Plattenboden widerhallten, öffnete sich im Obergeschoss eine Tür. Es war Mia, die fragte:

»Bist du's, Edmée?«

»Ja!«

»Kannst du das Feuer wieder anzünden? Ich muss mich um Alice kümmern, und es ist bald Essenszeit.«

Edmée suchte nach Papier und Reisig. Lange irrte sie im Dunkeln umher, da sie die Streichhölzer nicht fand, bis sie sie schließlich auf dem Kaminsims ertastete.

Sie fröstelte. Die aufzüngelnden Flammen ängstigten sie beinahe, und wieder hörte sie Mias Stimme.

»Setz zuerst Wasser auf!«

Die Pumpe keuchte. Jedes Mal wenn sie den Schwengel senkte, entstand ein saugendes Geräusch, das an ein Röcheln erinnerte. Edmée vermeinte ohnmächtig zu Boden zu sinken, sie sah sich schon reglos auf dem grauen Küchenboden liegen, wo die anderen sie finden würden. Aber sie blieb bei Bewusstsein. Mia kam herunter, putzte das Gemüse für die Suppe und erzählte vom Fieberdelirium der kleinen Alice.

Die Haustür wurde geöffnet. Man hörte Schritte, die sich direkt zum Büro wandten. Ohne sich blicken zu lassen, rief Fred:

»Edmée!«

Er bemühte sich, mit natürlicher Stimme zu sprechen. Am liebsten hätte Edmée keine Antwort gegeben, sich in einen Winkel verkrochen oder in ihrem Zimmer eingeschlossen. Dennoch trat sie ins Büro, wo die Lampe noch immer brannte. Fred brachte sein Haar in Ordnung. Auf dem Tisch lagen Rechnungen und ein aufgeschlagenes Kontobuch.

»Jef sagt, wir sollten die Sache verschweigen. Mach die Tür zu! Die Leute haben dreizehn Kinder und sind mittellos. Er wollte bestimmt Holz stehlen ...«

Edmée brachte kein Wort heraus. Sie starrte auf Freds Pfeife, die er vor dem Weggehen an den Tischrand gelegt hatte.

»Heute Nacht bringen Jef und ich die Sache ...«

Sie war zu Tode erschöpft. Alles, was sich ihren Blicken darbot, nahm fürchterliche Proportionen an, füllte sich mit feindseligem Leben. Immer drängte sich die formlose rote Strickmütze zwischen ihre Augen und die Dinge um sie her.

»Kann ich mich auf dich …?«

Feierlich ging er auf sie zu, aber diese Szene konnte sie nicht bis zum Ende durchstehen. Ohne zu wissen, was sie stammelte, rannte sie hinaus.

»Ja, ja! … Schon gut! … Schon gut! …«

Ihr war übel. Ihr war ja so übel! Sie fürchtete, sie würde ihr Mittagessen erbrechen, als Mia in der Küche große, fette Speckscheiben abschnitt.

»Was hast du denn?«

»Ich? Nichts!«

»Ist es wegen Fred?«

»Nein. Ich glaube, ich bin krank.«

Aber sie wollte nicht in ihr Zimmer gehen, nicht allein sein. Sie setzte sich auf einen Schemel ans Feuer, das Gesicht in den Händen vergraben. Sie bekam Schüttelfrost, während Mia Kartoffeln schälte und die Uhr unerbittlich die Sekunden zählte.

8

Leise wurde die Tür geschlossen, und Edmée hörte die Schritte des Arztes im Flur und dann auf der Treppe. Sie wusste, dass er sich nun in die Küche begab, wo die Tante für ihn eine Schnapsflasche entkorken würde. Durch den Fußboden vernahm sie Stimmengemurmel. Sie warf die Decken zurück, setzte sich auf die Bettkante, ihre bloßen Füße berührten den Boden. Sie konnte sich im Spiegel sehen, und sie verzog ihr Gesicht zu dem gezierten Lächeln einer Kranken.

Sie fand sich hübsch, ja, rührend. Sie war noch bleicher als sonst, und ihr feines, seidiges Haar hatte etwas Überirdisches. Unter dem Nachthemd kam eine Brust zum Vorschein, und Edmée betrachtete sie feierlich, lächelte von neuem, denn auch ihr Busen hatte sich verändert, er war rosiger, lebendiger geworden, er blühte auf.

Der Tag war sehr hell. Sie trat ans Fenster, wo sie sich wie immer auf den Stuhl kniete, die Stirn an die Scheibe gepresst. Genau über den Kronen der Pappeln stand die Sonne, sie schimmerte weißgelb wie ein saures Fruchtbonbon.

Die Landschaft flimmerte in zarten Bonbonfarben. Die Wiesen, die sich unermesslich weit dehnten, waren von blassem, frischem, wie nagelneuem Grün. Im Obstgarten erglänzten die Apfelblüten in einem Hauch von Rosa. Die ganze Natur war vom säuerlichen Duft der

Kindheit übergossen. Selbst die kleinen Kanäle, die die Wiesen in Rechtecke aufteilten, wirkten klar und hell, ein wenig vergoren, als ob das Wasser nicht nur kalt, sondern auch sauer wäre.

Man hatte einen Ofen in Edmées Zimmer gestellt, und sie genoss den Kontrast zwischen der stickigen Wärme im Raum und der frischen Kühle draußen, die sie spüren konnte, wenn sie die Schläfen an die Scheibe presste. In der ersten Wiese grasten Kühe, in der Ferne weidete eine Schafherde.

War es noch Mitte März oder schon Anfang April? Sie hätte es nicht mit Bestimmtheit sagen können. Die Tage verliefen einer wie der andere, und sie war ja wirklich krank gewesen.

Sie wollte nicht mehr daran denken, das Wäldchen nicht mehr sehen, vor allem aber graute ihr vor dem Anblick des Kanalnetzes, das sich, ausgehend vom Einlaufschütz, über das ganze Gelände ausdehnte. Aber sie dachte unablässig daran, und vielleicht gelang es ihr auch deshalb, so lange krank zu bleiben.

Denn sie wollte krank sein! Sie wollte nicht gesund werden, nicht mit den anderen im Haus zusammenleben. Sie verkroch sich in ihren Winkel, in ihr Bett, ihr Zimmer, wo sie sich nach und nach ihre eigene kleine Welt geschaffen hatte. Sie brauchte nicht viel. Ihr genügte eine Tapetenblume über dem Kopfende ihres Bettes, die einen rosa Tupfen mehr hatte als die anderen. Wenn sie mit halbgeschlossenen Augen hinsah, entdeckte sie darin das Gesicht von Onkel Louis, das so lebendig wirkte, dass sie sich jedes Mal wunderte, wenn sie die Augen öffnete und es verschwunden war.

Am gusseisernen Ofen schwebten helle Wolken, und ein Sprung zeichnete die Form eines Kirchturms nach. Außerdem besaß Edmée eine große Schachtel mit ihren persönlichen Habseligkeiten, in denen sie jeden Tag ein wenig herumkramte.

Der Doktor konnte gar nicht begreifen, warum sich ihre Krankheit so lange hinzog, denn eigentlich hatte sie nur eine Bronchitis gehabt. Alice hatte nach drei Wochen ihren Scharlach überstanden und ging schon längst wieder mit ihren Schwestern zur Schule.

Aber der Arzt wusste von nichts. Niemand hatte eine Ahnung! Edmée sah ein wenig mitleidig auf sie herab, denn das war ja gerade das Erstaunliche und auch Ungerechte, dass sie nur eine Bronchitis gehabt haben sollte!

Wann immer sie wollte, brauchte sie sich nur hinzulegen, an etwas Bestimmtes zu denken, und schon stieg ihre Körpertemperatur. Beim nächsten Besuch des Doktors würde sie es gewiss tun, schon um ihn nicht mehr sagen zu hören:

»Ich glaube, Sie könnten jetzt zu den anderen hinuntergehen, Ihre Cousins und Cousinen würden Sie ein wenig aufmuntern.«

Nein! Sie brauchte keine Aufmunterung. Es war einfach zu grauenhaft!

Am »Abend mit dem kleinen Jungen«, wie Edmée jenen verhängnisvollen Abend in ihren Gedanken nannte, war die Tante nicht zum Essen erschienen, weil Alice einen schweren Fieberanfall hatte. Von unten hörte man sie mit sich selbst reden, zusammenhanglose flämische Worte ausstoßen. Fred und Jef aßen schweigend, die Augen unverwandt auf den Tisch gerichtet. Edmée hatte keinen

Bissen angerührt, nur Mia war gesprächig wie immer gewesen, ohne zu merken, dass etwas nicht in Ordnung war.

In ihrem Zimmer hatte Edmée sich angekleidet aufs Bett gesetzt, ohne Licht anzuzünden. Sie lauschte auf jedes Geräusch. Sie wusste, dass Jef und Fred hinausgehen würden, und sie ahnte auch den Grund. Sie wollte unbedingt mitgehen. Sie musste einfach.

Jeder war auf seinem Zimmer, spitzte die Ohren wie sie selbst, wartete auf den Moment, in dem alles im Haus schlafen würde. Seltsamerweise hatte sich der Sturm plötzlich gelegt. Hin und wieder leuchtete der Mond zwischen flockigen Wolken hervor. Es regnete auch nicht mehr, nur vom Dach fielen noch dicke Tropfen auf die Fensterbrüstung.

Alice hatte lange im Fieber phantasiert. Die Tante war sicher neben ihrem Bett eingeschlafen. Auch Edmée war im Sitzen eingenickt. Plötzlich war sie zusammengefahren und hatte sich aufgerichtet, hörte jedoch keinen einzigen Laut.

Die Angst hatte ihr die Kehle zugeschnürt. Sie war ans Fenster gestürzt, hatte mit aufgerissenen Augen hinausgestarrt und ein winziges Lichtchen erblickt, das über die Wiesen irrte.

Sie hatte sofort gewusst, was es war. Sie hatte nicht einmal ihren Schal umgelegt. Lautlos war sie aus dem Haus geschlichen, und draußen hatte sie wieder die Angst gepackt, Angst vor dem Alleinsein, der Dunkelheit, vor dem, was in der Ebene vor sich ging. Sie war, bis sie völlig außer Atem geriet, über die nassen Wiesen gerannt, wo ihre Füße einsanken. Bisweilen hatte sie die Lichter aus den Augen verloren, und die Vorstellung, noch länger allein durch die Nacht zu irren, hatte sie mit Entsetzen erfüllt.

Sie keuchte. Nur noch eines zählte: zu ihren Cousins, zu irgendwelchen Menschen zu gelangen. Hinter ihr erhob sich pechschwarz das Haus, als hätte es weder Fenster noch Türen.

Ganz plötzlich, viel eher als erwartet, war sie gegen Fred gerannt, der nur flüsterte:

»Pst!«

Sie hatte sich nicht mehr von der Stelle gerührt. Ihr war, als sei sie in einem durchsichtigen Eisblock eingeschlossen. Sie war ganz Auge, ganz Ohr. Sie zitterte.

Sie befanden sich beim Einlaufschütz unten an der Böschung des Hauptkanals. Jef und Fred standen zwei Meter voneinander entfernt, und Edmée versuchte zu erraten, was sie so reglos und schweigend betrachteten. Gleich darauf hörte sie das Murmeln fließenden Wassers und sah, dass die schwarze Flüssigkeit im engeren Zuleitungskanal in Bewegung geriet. Sie suchte mit den Augen nach der Kinderleiche, aber sie sah nichts als einen Spaten, den die Cousins mitgebracht hatten.

Das Ganze war unwirklich. Lebten Fred und Jef überhaupt noch? Waren sie nicht vielmehr Gespenster?

Das Wasser floss ab. Der Wasserspiegel senkte sich. Aber es verging noch eine endlos lange Stunde, während der sich keiner von der Stelle rührte, kein Sterbenswörtchen gesprochen wurde. Es war eine eisige, heimtückische Stunde. Dann aber kam Bewegung in Jef, und diese Unterbrechung der langen Totenstarre hatte etwas Unheimliches. Er sagte:

»Das hätten wir!«

Sonst nichts! Alles Wasser war aus dem kleinen Kanal abgeflossen. Man konnte den Schlamm auf dem Grund sehen. Jef stieg mit dem Spaten hinunter und hob langsam eine längliche Grube aus, während Fred sich immer noch nicht von der Stelle rührte.

Jef stand bis zu den Knien im Schlamm und sank immer tiefer ein. Hinter ihm ragte eine alte Konservenbüchse aus dem Morast.

»Das hätten wir!«, wiederholte er.

Edmée, die ganz nah bei Fred stand, spürte, wie er zusammenzuckte, sich aus dem tiefen Schweigen und der Starre herauswand. Doch er bewegte sich mit großer Mühe. Er entfernte sich etwa drei Meter, bückte sich, und als er sich aufrichtete, hielt er etwas in den Armen. Edmée stopfte sich die Faust in den Mund, um nicht laut zu schreien.

Erst als Fred seinem Bruder die Last hinuntergereicht und dieser sie in die Grube gelegt hatte, vermochte Edmée wieder zu atmen. In diesem Augenblick wusste sie, dass sie krank werden würde. Sie wollte es! Sie wollte Fieber haben, um nicht mehr denken zu müssen.

Sie fror, sie hatte Kopfschmerzen und Halsweh. Einen Augenblick lang konnte sie nichts mehr sehen, obwohl sie die Augen weit offen hielt. Als die Außenwelt wieder in ihr Bewusstsein drang, öffnete Jef gerade das Schütz, durch das Wasser in den kleinen Kanal sprudelte.

Warum nur legte sich Fred nach ein paar Schritten der Länge nach auf den Rücken? Drei endlose Minuten lang blieb er so liegen, erhob sich ächzend, und erst später sollte Edmée verstehen, dass er beinahe in Ohnmacht gefallen wäre.

Es war vorbei! Das Wasser stieg, kräuselte sich ein wenig. Mondstrahlen spiegelten sich darin. Mit schweren Schritten kehrten sie über die weichen Wiesen zum dunklen Haus zurück. Im Flur zogen sie schweigend ihre Schuhe aus.

Am nächsten Morgen war Edmée krank. Hochrot und fieberheiß lag sie in ihrem Bett und starrte den Arzt aus glänzenden Augen an. Die ganze Nacht hatte sie vor Kälte gezittert, und auch jetzt klapperten ihr noch manchmal die Zähne, ohne dass sie damit aufhören konnte.

»Hoffentlich wird es nur eine Bronchitis.«

Das hatte sie gehört. Denn sie hörte alles, sah alles, verstand alles. Sie wollte etwas viel Schlimmeres als eine Bronchitis, eine furchtbar schwere Krankheit, eine Hirnhautentzündung zum Beispiel. Deshalb zwang sie sich, unaufhörlich an das Wäldchen und an den Kanal zu denken.

Sie bekam Sirup und kochend heißen Tee zu trinken, und sie spürte, wie ihr Körper heiß wurde, so heiß wie das Feuer, in das sie am Vorabend gestarrt hatte, bis ihr schwindlig wurde. Sie schwitzte. Das Bettzeug saugte ihr Leben, ihre Wärme, ihren Geruch auf. Nach drei Tagen sagte der Arzt halblaut zu Mia:

»Es ist alles in Ordnung. Ich hatte schon eine Lungenentzündung befürchtet, aber die Gefahr scheint nicht mehr zu bestehen.«

Da wollte Edmée eine Lungenentzündung bekommen. Sobald sie allein war, stand sie auf, wankte durch das Zimmer. Kleine, glitzernde Flecken tanzten vor ihren Augen. Sie goss kaltes Wasser in ihre Waschschüssel und stellte sich im Nachthemd hinein. Das Wasser war eiskalt.

Ihr Körper glühte vor Hitze. Sie fühlte, wie die Kälte von ihren Füßen in die Fußgelenke und bis zu den Knien aufstieg.

Aber sie bekam keine Lungenentzündung! Nicht einmal die Bronchitis wurde schlimmer davon, dennoch war der Arzt beunruhigt, denn jetzt lag Edmée schlaff und teilnahmslos da und weigerte sich aufzustehen.

Während der ersten Tage ihrer Krankheit hatten die Dinge in ihrem Zimmer zu leben begonnen, und Edmée hatte in einer Tapetenblume das Gesicht von Onkel Louis entdeckt.

Nun machte sie sich einen Spaß daraus, jeden Winkel des Zimmers mit Lebewesen zu bevölkern. Sie schuf sich bestimmte Gewohnheiten. So stand sie jeden Tag am Fenster, wenn der Briefträger auf seinem blitzblanken Fahrrad angefahren kam. Solange er keinen offiziellen, rot versiegelten Briefumschlag brachte, bestand keine Gefahr, dessen war sie sich sicher.

Inzwischen waren zwei Monate vergangen. Edmées Gedanken hatten nicht mehr dieselbe Schärfe. Bisweilen war sie sogar zu träge, um sich die Szene im Wäldchen in allen Einzelheiten ins Gedächtnis zu rufen.

Nur das Rauschen des in der Nacht wieder zurückfließenden Wassers verfolgte sie, und tagsüber hatte sie die rechtwinkligen Linien der silberglänzenden Kanäle vor Augen, die das blasse Grün der Wiesen durchzogen.

Das Wasser war so klar, dass man Lust bekommen konnte, es wie Quellwasser aus der hohlen Hand zu trinken. Aber bevor es in die Rinnen gelangte, floss es über …

Auch das, die Gestalt, das Aussehen des Kindes, war ihr fast aus dem Gedächtnis entschwunden, aber ganz deutlich sah sie die rote Strickmütze vor sich, hörte die Kinderstimme, wie sie glucksend immer wieder rief:

»Neen! ... Neen! ... Neen! ...«

Anfangs hatte sie weder Jef noch Fred sehen wollen. Aber als sie eines Tages erwachte, stand Fred in der offenen Tür. Er wirkte so kläglich, verlegen und unterwürfig, dass sie ihm bedeutete, näher zu treten. Er war nicht abgemagert oder blass geworden. Und er hatte ja schließlich keine Schuld an seinem festen, lebensvollen Fleisch. Aber sein ganzes Benehmen war nicht mehr so geckenhaft wie früher.

»Ich wollte dich schon lange um Verzeihung bitten.«

Da verstand Edmée, warum er sie so mitleidig anblickte. Sie lag wohl da wie ein Häufchen Elend, und bestimmt glaubte Fred, dass sie sterben würde. Die Rührung überwältigte ihn, und er musste den Kopf abwenden, um ihr seine feuchten Augen nicht zu zeigen!

»Ich bitte dich um Verzeihung ...«

Sie schwieg, ließ ihn glauben, dass sie zu schwach sei, um sprechen zu können. Sie deutete eine schmerzliche Bewegung an und schloss die Augen. Verwirrt blickte er auf sie nieder, dann verließ er auf Zehenspitzen den Raum.

Zwei Tage darauf brachte er ihr aus Hasselt ein Paar Pantöffelchen aus blauem Leder mit goldenen Ranken mit. Am frühen Morgen trat er lautlos in ihr Zimmer, ohne zu bemerken, dass sie ihn aus halbgeschlossenen Augen beobachtete, stellte die Schuhe auf den Bettvorleger und entfernte sich rückwärts aus dem Zimmer.

Mindestens zweimal täglich kam die Tante zu ihr. Meist brachte sie ihr Hühnerbrühe herauf, lernte sogar ein paar französische Brocken, mit denen sie freilich keine ganzen Sätze bilden konnte.

Aber war sie aufrichtig, wenn sie sie so mitleidig ansah? Hatte sie nicht doch Hintergedanken? Edmée fürchtete sich vor ihren blassen Augen, die nie lange auf ihr ruhten und ihrem Blick auswichen.

Dazu kam noch, dass die Tante sich lautlos durch das Haus bewegte, denn sie pflegte ihre Holzschuhe unten an der Treppe abzustellen. Einmal, als Edmée gerade am Fenster stand, hörte sie die Tante, wie sie schon die Zimmertür öffnete, und mit knapper Not gelang es ihr, sich ganz außer Atem aufs Bett zu werfen. Hatte sie etwas bemerkt? Jedenfalls hatte sie nichts gesagt. Mit dem Löffel hatte sie in der Brühe gerührt, um sie abzukühlen, und als Edmée trank, hatte sie ihr stützend die Hand auf den Rücken gehalten.

Nur Mia blieb sich – bis zum Überdruss – immer gleich. Sie hatte ihre Handtasche erhalten, in der sie nun eine Puderdose, einen Lippenstift und Rouge für die Wangen aufbewahrte. Gern kam sie in Edmées Zimmer, um sich vor dem Spiegel im Schminken zu üben.

Sie redete unaufhörlich. Sie lachte. Sie erzählte, dass der Sohn des Hufschmieds ihr nach der Messe ein Briefchen zugesteckt hatte und sie heiraten wollte. Die Schminke entstellte ihr Gesicht zur Maske, raubte ihm seine Frische. Und sie redete immer weiter! Sie bat Edmée, in deren Schachtel herumwühlen zu dürfen, brach über jeden Gegenstand in Begeisterung aus, probierte einen feinen Spitzenkragen, den Edmée von ihrer Mutter geerbt hatte.

»Onkel Louis sagt, du seist schwermütig und bräuchtest eine Luftveränderung.«

Edmée beobachtete sie voller Unruhe. Was sollte das bedeuten? Wollte man sie loswerden?

Drei- oder viermal besuchte sie auch Onkel Louis. Er setzte sich zu ihr ans Bett, zog an seiner Zigarre und betrachtete sie mit väterlichem Wohlwollen.

»Geht's dir besser?«

»Ich weiß nicht.«

»Versuch mir doch mal genau zu sagen, wo es dir wehtut. Wie dein Vater habe auch ich mich ein wenig mit Medizin beschäftigt. Ja, Mädchen, mir scheint, du lässt dich gehen. Du solltest dich zusammenreißen!«

Als er zum ersten Mal in diesem Ton mit ihr gesprochen hatte, fing Edmée an zu weinen, ohne zu wissen, warum. Der Onkel war darüber sehr bestürzt und suchte umständlich nach einem Taschentuch.

»Schon gut! Schon gut! Ich wollte dir nicht wehtun! Sind deine Cousins lieb zu dir?«

»Ja!«

»Dann musst du den Dingen ins Gesicht sehen.«

Hatte die Tante mit ihm gesprochen? Der Onkel sah sie durchdringend an, was Edmée in Verlegenheit brachte.

»Meine Schwester tut, was sie kann. Es ist ein großes Unglück, dass ihr Mann gestorben ist, denn ein Haus wie dieses braucht einen starken Mann. Fred ist ein braver Junge …«

Er erhob sich unvermittelt.

»Kopf hoch, Kleines! Und streng dich ein bisschen an, zum Teufel!«

Aber sobald er weggegangen war, fand Edmée ihren kühlen, klaren Kopf wieder. Sie blickte zur Decke und schwor sich, nicht gesund zu werden.

Von allen ließ sich Jef am wenigsten bei ihr blicken. Wenn er in ihrem Zimmer war, fühlte er sich unbehaglich, und er nutzte jeden Vorwand, um es schnell wieder verlassen zu können. Um nicht so sinnlos herumzustehen, machte er sich jeweils am Ofen zu schaffen, füllte ihn bis zur Klappe auf, stocherte wild darin herum, bis die Funken durch das Zimmer stoben.

Eines Tages brachte er ihr eine Fußdecke, die er aus Marderfellen genäht hatte. Mia betrachtete sie voller Neid, weil sie gemeint hatte, die Felle würden zu einem Pelzmantel und einem Muff für sie verarbeitet werden. Jef brachte die Decke, als er seine Schwester bei Edmée wusste. Er kam nie zu ihr, wenn sie allein war.

»Gehst du noch in die Hütte?«, fragte Edmée.

Die Antwort kam von Mia.

»Er verbringt die meiste Zeit dort. Was er da treibt, weiß ich nicht.«

Die Hütte war das Einzige, was Edmée vermisste, die Hütte und das Feuer, das in den Augen brannte und berauschende Hitze in ihren Körper strahlte.

Aber sie wusste sich zu helfen. Sie verlangte, dass der Ofen immer rot glühend war, denn auch in diesem Ofen summte ein Feuer, dessen Hitzewellen zu ihr drangen. Besonders schön war es, wenn sie die Stirn an die kalte Scheibe presste und das Feuer ihr den Rücken wärmte.

Trotz des anbrechenden Frühlings war die Luft draußen kühl. Alle Farben glänzten kalt. Der Horizont schien noch weiter zurückgewichen. Der Blick konnte jetzt ungehindert in die Ferne schweifen, aber die Wiesen waren unverändert, es waren dieselben Rechtecke, die von silbrigen Kanälen und Pappelreihen gesäumt wurden.

Auch der kleine Junge war immer noch da, kaum sechshundert Meter entfernt, ganz nahe beim Kanal, auf dem täglich fünf oder sechs Kähne vorbeituckerten. Edmée hatte nie mit irgendjemandem darüber gesprochen, nicht einmal mit Jef oder Fred. Sie wusste nicht, wie sich die Leute sein Verschwinden erklärt hatten, aber immer noch vernahm sie das immer schriller werdende Lachen des Kindes, das schließlich seine Angst überwunden und nur noch geschrien hatte:

»Neen! ... Neen! ...«

Sie hatte kein Fieber mehr. Sie vermochte auch nicht mehr den Zustand der Erregung heraufzubeschwören. Sie fühlte sich abgestumpft, und vielleicht hatte Mia doch das richtige Wort gebraucht: Sie war schwermütig.

Sie aß so wenig wie möglich. Sie nahm nur Hühnerbrühe und Zwieback zu sich. Sobald sie ein paar Schritte machte, überkam sie ein Schwindelgefühl, und sie freute sich darüber. Sie wollte nicht gesund werden! Sie wollte nicht mehr mit den anderen am Küchentisch sitzen!

Sie hatte einen Winkel für sich, in ihren vier Wänden war alles von ihrem Leben durchtränkt, sie hatte das Fenster, das den weiten Raum zu ihr hereinließ. Minute um Minute fühlte sie das Leben im Haus. Sie hörte sämtliche Geräusche, auch solche, die einem anderen entgangen wären. Sie wusste genau, was sie bedeuteten. Wenn Jef eine Stunde früher als gewöhnlich aufstand, so hieß das, dass Mittwoch war und er Brot backen würde. Hörte sie Fred mit seinen Bürsten und Fläschchen hantieren, so wusste sie, dass er nach Brüssel oder Hasselt fahren und ihr etwas mitbringen würde, Konfekt oder einen hübschen Gegenstand, wie den Spiegel mit dem

Perlmuttrahmen, den sie unter ihrem Kopfkissen verwahrte.

Der Doktor stand vor einem Rätsel, sprach von einer Röntgenaufnahme, durch die er sich ein klareres Bild verschaffen könnte, aber Edmée wollte nicht geröntgt werden. Bei jedem Besuch wiederholte er:

»Raffen Sie sich doch auf, und gehen Sie wenigstens für eine Stunde hinunter!«

Sie wollte aber nicht hinuntergehen und schon gar nicht sich zu irgendetwas aufraffen! Sie wollte krank und ungestört in ihrem Winkel bleiben.

Sie hatte ihr Fenster, ihre Aussicht, die Pappschachtel mit ihren Habseligkeiten, sie hatte die Wände, die Möbel, all die kleinen Dinge, die ganz von ihrem Wesen durchtränkt waren.

Sie war dünner geworden. Sie hatte keine Rundung an den Hüften, aber ihr schien, dass ihre Brüste mit jedem Tag voller und vor allem lebendiger wurden. Sie zog sich wollüstig auf sich selbst zurück, ließ die Gedanken schweifen und geheime Bilder an ihrem inneren Auge vorbeiziehen, bis Mia laut polternd hereinkam und fragte, ob ihr der neue Hut stehe oder ob sie auch nicht zu viel Puder aufgetragen habe.

Inzwischen lag ein Zauberwort in der Luft, wie hingehaucht von den säuerlichen Farben der Landschaft, vernehmbar im Murmeln des Wassers in den Rinnen, im leichten Erschauern der Pappeln, auch in der feuchten Schwüle, die Edmée um die Mittagsstunde bisweilen bewog, das Fenster zu öffnen und tief Luft zu holen, wobei ihr ein Wohlgefühl über die nackte Haut unter dem leichten Nachthemd rieselte. Das Wort lautete: Ostern!

Die kleinen Mädchen, die nicht mehr zur Schule mussten, spielten im Freien, sie kauerten im Gras neben einem zwanzig Zentimeter hohen Öfchen, oder sie wiegten eine Puppe auf den Armen. Die Kühe kehrten abends nicht mehr in die Ställe zurück und begannen bei Sonnenaufgang zu muhen. Die Wiesen waren mit winzigen weißen Pünktchen und gelben Kügelchen übersät: Gänseblümchen und Butterblumen.

Sommerkleider wurden genäht. Die Kleinen sollten nicht mehr in Schwarz gehen, sondern in Schwarzweiß, in Halbtrauer. Mia wünschte sich einen perlgrauen Mantel.

Der Doktor kam nur samstags, die meiste Zeit verbrachte er ohnehin unten bei einem Glas Schnaps.

»Mir scheint, sie könnte jetzt ins Freie gehen, frische Luft würde ihr guttun ...«

Mit Leidensmiene verlangte Edmée, dass man in ihrem Zimmer einheize, denn sie wollte in ihrem Rücken die unter die Haut dringende winterliche Ofenwärme und auf ihrer Stirn die kalte Scheibe spüren. Vor ihren Augen lag die überhelle Frühlingslandschaft mit dem frischen Gras, den keimenden Blättern und den Bächen, die silbern dahinflossen, nachdem sie dort drüben über ...

Wieder sah sie ihre beiden Cousins vor sich, wie sie in jener Nacht mit den Füßen im Schlamm reglos dagestanden hatten, während das Wasser abfloss, und da schien es ihr, dass alles Wasser des Kanals, das von Verzweigung zu Verzweigung, von Schütz zu Schütz sich in den schmalen Rinnen der Wiesen verlor, vergiftet war, denn dieses hell sprudelnde Wasser strömte über den kleinen Jungen mit der roten Strickmütze hinweg, der vor lauter Angst so schrill gelacht hatte.

9

Der Sommer war gekommen. Das Haus nahm das Leben von draußen durch alle Poren in sich auf. Durch die weit geöffneten Fenster strömte die Luft des Tieflandes in die Zimmer, verließ sie gleich wieder durch die Türen, vertrieb die Küchendämpfe. Der allmorgendliche Geruch von Buchweizenfladen und gebratenem Speck war kaum noch wahrzunehmen.

Selbst die Wiesen waren nicht wiederzuerkennen. Noch vor wenigen Wochen hatte sich der Briefträger auf seinem Fahrrad oder die Silhouette eines Feldhüters als winziger Flecken gegen den Horizont abgezeichnet, jetzt aber waren überall Menschen, Unbekannte, die aus entfernten Dörfern zur Heuernte gekommen waren.

Die Tür zur kleinen Trinkstube stand auch nachts fast immer offen, denn bereits um vier Uhr morgens verlangten die noch schlaftrunkenen Männer, deren eisenbeschlagene Schuhe auf den Fliesen widerhallten, zu trinken.

Nirgends war man mehr für sich. Die Leute traten in die Küche, schwatzten mit der Tante, die am Spültrog stand. Mia bediente die Kunden in der Stube, sie puderte sich jetzt jeden Tag und legte auch Rouge auf.

Edmée irrte durch das Anwesen, trotz der Hitze in ihren Schal gehüllt. Sie konnte jetzt nicht mehr auf ihrem Zimmer bleiben, denn dazu war sie nicht krank genug, aber sie hustete und blickte mit schmerzlicher Miene um sich. Allen fiel auf, dass sie blass war und tiefe dunkle Ringe unter den Augen hatte.

Sie wusste nicht so recht, wohin Die Hütte war beschlagnahmt. Vier Tagelöhner, die nur Heu aufluden, kochten sich hier ihr Mittagessen. Die Sonne rückte den Horizont näher heran. Es war nicht mehr die Rede davon, den Wagen anzuspannen, um nach Neeroeteren zu fahren. Man schwang sich einfach auf ein Fahrrad oder ging zu Fuß. Schließlich war es ja nur ein Katzensprung bis zum Dorf, das gleich hinter dem größeren Fichtenwäldchen lag.

Mit den unsicheren Schritten einer Rekonvaleszentin wanderte auch Edmée manchmal dorthin. An der Straße nach Maeseyck, im ersten Haus rechts, hatte der kleine Junge gewohnt. Es war ein niedriges, einstöckiges Gebäude mit schiefen Mauern und nur zwei Fenstern.

Bei geschlossener Haustür musste es im Winter darin sehr düster sein. Wenn man vorbeiging, erspähte man im Dämmerlicht eine Vielzahl menschlicher Gestalten, zwei blitzblanke Kupferwannen über dem Kamin und einen Säugling, der halbnackt auf dem Fußboden herumkrabbelte.

Die anderen Kinder, mindestens neun oder zehn an der Zahl, spielten meist auf der Straße, nur eine der Töchter arbeitete schon als Näherin.

Das fehlende Kind war inzwischen wohl schon in Vergessenheit geraten. In der Annahme, dass es beim Spielen in den großen Kanal gefallen war, hatte man dort nach ihm gesucht. Später mutmaßte man, dass die Leiche von einem Kahn mitgeschleift worden war. Nun, da man mit der Heuernte alle Hände voll zu tun hatte, dachte keiner mehr an den kleinen Jungen.

Edmée pflegte auf einem hübschen, von flämischen Häusern gesäumten Weg bis zur Kirche zu gehen. Sie kam an der Bäckerei vorbei, aus der ihr warmer, würziger Brotgeruch entgegenschlug, dann hörte sie den Hammer des Hufschmieds.

»Hast du ihn gesehen?«

Mit dieser Frage überfiel Mia sie jedes Mal, wenn sie nach Hause kam.

Mia war verliebt. Sie harrte ungeduldig auf den Sonntag, um dem jungen Stevelynck ein Briefchen zuzustecken, der ihr auch eines gab, und während der ganzen Messe war Mia zutiefst aufgewühlt.

Der junge Stevelynck war Volksschullehrer. Unlängst hatte er eine Anstellung in Antwerpen erhalten, aber noch war er in den Ferien. Er war ein ungelenker, schüchterner junger Mann. Zuweilen kam er auf seinem Fahrrad, mit Hosenklammern um die Fußgelenke, bis zum Haus gefahren. Jedes Mal setzte er eine betont unschuldige Miene auf und sagte etwas über die Hitze oder dass er Durst habe.

Sobald Mia ihn von weitem erblickte, ließ sie alles stehen und liegen und stürzte in ihr Zimmer. Wenn sie wieder herunterkam, hatte sie eine dicke Puderschicht aufgelegt, an den Ohren aber klebten noch Seifenreste.

»Er ist nicht gut angezogen«, bemerkte Edmée, »man sieht gleich, dass er ein Bauer ist.«

Es kam zu einem Streit, und ein paar Stunden lang grollten die Mädchen einander.

Fred und Jef waren immer draußen. Überall waren

Arbeiten zu überwachen, außerdem musste das Heu am Bahnhof von Neeroeteren verladen werden. Sie verloren bisweilen den Überblick. Man spürte, dass nicht alles so lief, wie es sollte.

Zwei Heuladungen wurden falsch ausgeliefert. Als ein Tagelöhner vom Wagen fiel und sich dabei ein Bein brach, stellte sich heraus, dass er auf der Versicherungspolice nicht aufgeführt war.

In solchen Fällen erschien Onkel Louis und schloss sich mit Fred im Büro ein. Wenn dann endlich die Tür aufging, konnte man im Raum kaum noch atmen, so dicht stand hier der Tabaksqualm. Fred war kleinlaut. Der Onkel ging mit Riesenschritten auf und ab, und immer mehr gewann man den Eindruck, dass er der eigentliche Herr des Hauses war. Er blieb zuweilen vor Edmée stehen, fasste sie unters Kinn und betrachtete sie prüfend.

»Geht's nicht besser?«

»Ich muss immer noch husten.«

Er hatte an allem etwas auszusetzen, er schnüffelte in der Küche herum wie der Hausherr, der von der Reise zurückkommt, und die Tante fürchtete sich vor ihm.

Er war es auch, der über Mias gepuderte Wange strich und ein flämisches Schimpfwort ausstieß, das der Cousine das Blut ins Gesicht trieb.

Er war durchaus nicht zufrieden. Selbst wenn er über die Wiesen mit den Erntearbeitern blickte, zog er die Brauen zusammen und zwirbelte seinen grauen Schnurrbart.

»Was soll denn das?«

Er deutete auf einen Lastwagen in der Ferne, den zwei Männer beluden.

»Eines meiner Pferde ist krank«, erwiderte Fred. »Für die Lieferung an Pesson habe ich in Neeroeteren einen Lastwagen gemietet.«

»Sechzig Franc pro Tag?«

»Hundert!«

Der Onkel seufzte, kehrte ins Büro zurück, um neue Anweisungen zu geben. Was war eigentlich nicht in Ordnung? Alles und nichts! Edmée sah wohl, dass Fred sein Bestes tat. Und Jef, der für zwei arbeitete, war schon vor dem Morgengrauen auf den Beinen. Er nahm sich jetzt sogar Butterbrote mit, sodass man ihn mittags nicht mehr zu Gesicht bekam.

Es war ein schlechtes Jahr. Es hatte zu viel geregnet, die Hälfte des Heus war faulig.

Doch das war schon öfter vorgekommen. Was es aber noch nie gegeben hatte, das waren die vielen kleinen Missgeschicke, wie der Beinbruch des Mannes, der nicht versichert war, die Krankheit eines Pferdes ausgerechnet während der Heuernte, der unerklärliche Irrtum, der dazu geführt hatte, dass ein Wagen nach Mons und nicht nach Gent geschickt wurde. Es passierten noch andere, an sich unbedeutende Missgeschicke, lächerliche Kleinigkeiten, die alle bedrückten, außer Mia.

Es fehlte an Auftrieb, an Schwung. Fred ohrfeigte die kleinen Mädchen, weil sie ihm beim Spielen zwischen die Beine geraten waren, und die Tante schwieg dazu, ihr Gesicht wurde noch fahler, noch ausdrucksloser, als wollte sie dem Unheil eine möglichst geringe Angriffsfläche bieten.

An einem Augusttag kam es zwischen Fred und Onkel Louis zu einer großen Auseinandersetzung. Sie befanden sich im Büro. In der Küche hörte man ihre Stimmen, erst gedämpft, dann immer lauter, ein Stuhl wurde gerückt.

Die Tante fuhr mit ihrer Hausarbeit fort, aber Edmée sah wohl, dass sie lauschte. Man hörte nur einige flämische Wörter. Fred sprach mit großer Heftigkeit, dann ging plötzlich die Tür auf. Niemand kam in die Küche. Man hörte nur den Motor von Onkel Louis' Auto anspringen.

Stundenlang wurde die Sache besprochen. Fred hatte auch seinen Bruder von den Wiesen holen lassen. Er war sehr erregt, drohte fortzugehen, sagte, er könne sich sehr wohl seinen Lebensunterhalt anderswo verdienen, er sei kein kleines Kind mehr und brauche sich nicht wie ein Schuljunge von einem Verwandten ausschimpfen zu lassen.

Die Tante ließ ihn reden, ihre Augenlider flatterten. Edmée hörte ebenfalls zu, und nur für sie übersetzte Fred fast alles, was er sagte, indem er französische Brocken in seine flämische Tirade einfließen ließ. Jef saß rittlings auf einem Hocker, blickte zu Boden, wiegte seinen schweren Kopf hin und her, spielte gedankenverloren mit einem Stück Holz.

»Ich habe ihm gesagt, dass wir zwar Schwierigkeiten haben, dass sie aber nicht neu sind. Nur hat Vater sie vor uns geheim gehalten. Er hat ohne unser Wissen Hypotheken aufgenommen, er hat Wechsel über achtzigtausend Franc unterschrieben. Ich wüsste gern, wie er mit der Situation fertigwürde, wenn er noch da wäre. Was kann ich dafür, dass er eine Geliebte hatte?«

Fred konnte sich nicht mehr beherrschen. Seine Gesichtshaut spannte sich über der Nase. Zwischendurch stotterte er sogar, weil sich die Wörter in seiner Kehle überschlugen.

Zum ersten Mal wurde in diesem Ton über den Vater gesprochen. Aus der Stube, wo Mia bediente, ertönte Gläserklirren. Wortlos setzte sich die Tante an den Kamin, wo kein Feuer brannte, und weinte mit bebenden Schultern leise in ihre Schürze.

Mit einem Satz sprang Jef auf, schrie etwas, auch Fred richtete sich auf, warf einen harten Blick auf seinen Bruder. Sie glichen zwei Kampfhähnen. Jef stellte sich schützend vor seine Mutter, Fred sah sich nach Beistand um, doch sein Blick traf nur auf Edmée, deren Augen ihm auswichen.

In der Stille, die nun eintrat, während sich die beiden jungen Männer mit geballten Fäusten kampfbereit gegenüberstanden, waren nur die Klagelaute der Tante zu vernehmen, die sich die Schürze vors Gesicht hielt und schluchzte. Plötzlich begann es in Jefs Gesicht zu arbeiten, in diesem so plumpen, klotzigen Gesicht brach eine tiefe Gemütsbewegung durch und ließ es in kindlichem Mitleid zerfließen. Seine schwere Pranke legte sich auf die magere Schulter seiner Mutter. Als wollte er sie in Schlaf wiegen, sagte er leise, ohne sich dessen bewusst zu sein:

»Schon gut, Mama, schon gut, Mama ...«

Durch das geöffnete Fenster drang der Duft von frischem Heu herein. Draußen krähten die Hähne, sangen die Vögel, wieherte ein Pferd, holperte ein Wagen über den steinigen Weg.

Nun sah auch Fred zu Boden, er wirkte schlaffer, seine Augen hatten ihren harten Glanz verloren.

Nur Edmée blieb unbeteiligt, musterte alle der Reihe nach. Um sie daran zu erinnern, dass sie auch noch da war und es Wichtigeres gab als ihre nichtigen Angelegenheiten, hustete sie, bis sie ganz außer Atem war, und machte sich mit ihrem Taschentuch zu schaffen, als ob Blutspuren darin zu finden wären.

Eine Stunde später bürstete die Tante mit rotgeweinten Augen Freds beste Jacke aus, während dieser sich mit hängenden Schultern und finsterem Blick ankleidete.

Fred musste Onkel Louis unbedingt um Hilfe bitten, da sonst die Arbeiter am nächsten Tag nicht entlohnt werden konnten. Er würde sich bei ihm entschuldigen müssen.

Als er im steifen Hemd mit glattgekämmtem Haar herunterkam, half seine Mutter ihm in die Jacke, sah ihn mit einem traurigen Lächeln an, das zugleich Mitgefühl und Ermunterung ausdrückte. Im Hof war Jef mit der Reparatur eines Schubkarrens beschäftigt.

Die Wildgänse überflogen das Land einen Monat früher als in anderen Jahren, und an Allerheiligen drängte sich alles im wieder verschlossenen Haus um das warme Feuer.

Die Mädchen hatten neue Mäntel bekommen, auch Edmée, aber sie wollte ihn nicht anziehen, da die alte Schneiderin in Neeroeteren die Schultern zu breit geschnitten und die Taschen zu tief gesetzt hatte.

Auf dem Friedhof mussten sie immer wieder stehen bleiben, denn ständig trafen sie auf Bekannte. Da waren auch Cousins, Onkel und Tanten, die Edmée nicht kannte. Alle gingen in Schwarz, benommen vom herben Duft der Chrysanthemen und scheußlicher Blumen, die von aufdringlichem Gelb waren.

Die Männer unterhielten sich wie sonst, aber die Frauen trugen Trauermienen zur Schau, und sobald sie einander von weitem erblickten, begannen insbesondere die Alten, den Rosenkranz herzubeten.

Edmée, die allzu leicht angezogen war, musste wirklich husten, ohne sich künstlich in ihre Anfälle hineinzusteigern. Man redete auf Flämisch über sie. Die alten Frauen sahen sie mitleidig an und schüttelten traurig den Kopf, als sei sie schon halb tot. Eine entfernte Verwandte schenkte jedem Kind ein Bonbon, und um der Kranken ihr besonderes Wohlwollen auszudrücken, drückte sie Edmée gleich zwei in die Hand.

Fred ging mit den Männern ins Café, während die Frauen sich in einem Haus versammelten, wo es nach Armut roch. Edmée hatte hochrote Wangen. Die Stimmung war ganz ähnlich wie vor einem Jahr, als sie mit der Lokalbahn in Neeroeteren angekommen war. Unwillkürlich dachte sie an den Tod des Onkels, die Beerdigung, an die Stunden, die sie in der Hütte am Feuer verbracht hatte, an das erste Eichhörnchen.

Hatte sie nicht seit ihrer Ankunft etwas Bedrohliches in der Atmosphäre gespürt? Noch jetzt fühlte sie sich bedrückt und konnte den Grund dafür nicht finden. Der junge Stevelynck hatte zwei Tage Urlaub, und Mia trieb sich mit ihm auf der Straße herum, wo ein eisiger Nordwind wehte, der die Steine bleichte. Man hatte niemals ernsthaft darüber gesprochen, aber alle wussten Bescheid und ließen den Dingen ihren Lauf.

Edmée verspürte keine Eifersucht. Ganz im Gegenteil! Voller Neugier beobachtete sie ihre Cousine, die sich zusehends veränderte und in ihrer freudigen Erregung bei-

nahe hübsch aussah. Aber sie war so dumm! Sie hatte
falsche Vorstellungen von den Männern, vom Leben, einfach von allem! Seit einem Monat trällerte sie immer dasselbe Liedchen, nur weil ihr Schatz es einmal gesummt
hatte. Edmée, die sie im ganzen Haus hörte, fand sie
lächerlich. Sie hatte bei Versandhäusern, deren Adressen
sie in der Zeitung gefunden hatte, Parfüms bestellt, sie
träumte schon von den Kleidern, die sie sich nach Ablauf
der Trauerzeit machen lassen würde, und suchte in einer
hässlichen Modezeitschrift, die sie abonniert hatte, nach
geeigneten Modellen.

Wusste der Lehrer, dass sie an einem Bein ein unheil-
bares Ekzem hatte? Irgendwo am Wegrand lehnten die
beiden jetzt gewiss an einem Baum und unterhielten sich
lachend.

Edmée lag nichts an einem Verehrer. Sie waren doch
alle lächerlich. Vor allem würde sie nie dulden, dass sich
ein Mann eines Tages das Recht anmaßen könnte, über
sie zu bestimmen.

Bei Anbruch der Nacht machte man sich auf den
Heimweg. Wie Edmée es vorhergesehen hatte, konnte
sich Mia vor Glück kaum fassen. Im Wagen drückte sie
ihr die Hand, als wäre es die ihres Liebhabers.

An einer Stelle ging der Weg nur zweihundert Meter am
Einlaufschütz vorbei. Als sie dort anlangten, blickte Fred
krampfhaft in eine andere Richtung. Auch Edmée wollte
nicht hinsehen. Sie kamen doch gerade vom Friedhof, wo
die Menschen auf alle Gräber Blumen gelegt hatten. Das
vom Wind gekräuselte Wasser aber war an diesem Tag
von einem düsteren, trüben Grau.

Als sie an der Schleuse vorbeifuhren, blickte Edmée

mit brennenden Augen unwillkürlich hinüber, aber auch Fred konnte nicht anders, als dorthin zu starren.

Gleich darauf kreuzten sich ihre Blicke. Fred war bewegt. Sie wusste, dass ihn der Gedanke an den Knirps, dessen Grab außer ihnen dreien keiner kannte, nicht losließ.

Zum Abendessen gab es Schinken und Brot, weil keine Zeit mehr zum Kochen war. Am nächsten Tag, an Allerseelen, kam Onkel Louis, der Edmée aufmerksamer betrachtete als sonst.

»Dich, mein Kind, hole ich morgen früh ab. Sieh zu, dass du dann fertig bist.«

Ganz allein fuhr sie am nächsten Tag mit dem Onkel nach Hasselt. Während der Fahrt sprach er kein Wort. Er brachte sie zu einem Arzt, der sich Edmées überaus freundlich annahm.

»Ziehen Sie sich aus, Kindchen! Wenigstens die Brust müssen Sie freimachen.«

Edmée sah Onkel Louis an, der den Wink verstand und die Achseln zuckte.

»Na los! Als ob ich nicht wüsste, wie ein kleines Mädchen aussieht!«

Die Männer unterhielten sich auf Flämisch. Edmée zögerte. Noch nie war sie in einer solchen Situation gewesen. Vor einem Jahr noch hätte es sie weniger gestört, aber inzwischen war ihr Busen gewachsen, und sie hatte das Gefühl, er sei das Letzte, was sie irgendjemandem zeigen konnte.

Sie behielt ihr Unterhemd im Sprechzimmer an, es war schneeweiß und mit einer feinen Spitze gesäumt. Der rotblonde Doktor trat zu ihr, streifte ihr, ohne sie anzusehen, mit leichter Hand einen Träger von der Schulter.

»Tief atmen! ... Husten! ... Tief atmen! ...«

Es tat ihr beinahe körperlich weh, ihren Busen ungeschützt preisgegeben zu wissen, noch schlimmer war es, als der Arzt ihn beim Abklopfen aus Versehen berührte. Um ihr die Befangenheit zu nehmen, vertiefte der Onkel seinen Blick in einen Farbstich, der eine Hetzjagd darstellte.

»Tief atmen! ... Langsamer!«

Sie glaubte zu ersticken, merkte, wie ihr Kleid über die schmalen Hüften hinunterrutschte, sodass man ihren Bauch, ihren Nabel sehen konnte.

»Kommen Sie mit! Ich möchte Sie lieber röntgen.«

Onkel Louis blieb im Sprechzimmer. Der Arzt, von einem jungen Mann mit Brille, dessen Gegenwart Edmée aber keineswegs störte, assistiert, hantierte an einem eindrucksvollen Apparat.

»Danke schön!«

Jetzt wusste sie's! Sie brauchte den Befund nicht abzuwarten, den der Doktor ihnen in drei Tagen mitteilen wollte. Sie hatte den Arzt etwas von Verschattungen sagen hören. Immerhin war ihre Mutter an Tuberkulose gestorben.

Im übrigen verhielt sich jetzt auch der Onkel ihr gegenüber anders. Er lud sie zum Essen in ein Restaurant ein, und er benahm sich so fürsorglich, dass sie leicht erraten konnte, was der Arzt ihm beim Abschied gesagt hatte.

Er beobachtete sie unablässig. Er hatte keinen durchdringenden Blick, ganz im Gegenteil. Von seiner Person ging eine ruhige, ein wenig schwerfällige Sicherheit aus, doch Edmée spürte, dass man ihm nichts vormachen konnte.

»Ich glaube, du brauchst richtige Pflege. In Neeroeteren ist die Luft sehr sauber. Ist es dir bei deinen Cousins langweilig?«

»Nein!«

»Fred ist ein wenig kauzig. Jef sieht aus wie ein riesiger Affe, aber er hat das beste Herz der Welt.«

Er redete mit ihr wie mit einer Erwachsenen, der man manches anvertrauen konnte, und reichte ihr die Schüssel hinüber, bevor er sich selbst bediente.

»Meine Schwester« (er sagte nicht: deine Tante) »ist eine Heilige. Sie hatte großen Kummer, von dem ich dir nicht erzählen kann.«

»Ich weiß. Mein Onkel hatte eine Geliebte.«

Durfte sie denn nicht die ganze Wahrheit hören?

»Das ist es nicht allein. Du musst lieb zu ihr sein. Die Geschäfte gehen auch nicht so gut, wie es den Anschein hat. Da sind Schwierigkeiten zu bewältigen, und ich weiß nicht, ob deine Cousins …«

Er verstummte. Vielleicht wusste er selbst nicht, warum er so viel gesagt hatte. Er sah besorgt aus. Im Restaurant kannten ihn alle. Der Wirt kam, um ihm die Hand zu schütteln. Die Kellner behandelten ihn mit größter Zuvorkommenheit.

War Mia nicht lange in ihn verliebt gewesen? Edmée wäre gern viele Tage mit einem so vertrauenswürdigen, soliden Mann verreist, mit einem Mann, dessen Wort etwas galt.

»Du magst sicher einen Nachtisch?«

»Und Sie?«

»Nie und nimmer. Eine Zigarre ist mein Nachtisch.«

»Ich will auch keinen »

Sie war doch kein kleines Mädchen mehr, das auf Süßigkeiten versessen war! Sie wollte sich ihm gewachsen zeigen.

»Wie wär's mit Obst?«

»Danke, nein!«

Sie erblickte sich in einem beschlagenen Spiegel und fand, dass sie sehr weiblich aussah. Sie trug nicht den in Neeroeteren angefertigten Mantel, sondern ihren eigenen, der noch aus Brüssel stammte, und der Onkel hatte es gutgeheißen. Er sah also auch den Unterschied!

»Bist du glücklich?«

»Alle sind nett zu mir.«

Er war ein wenig gerührt, vielleicht sogar bewegt, seit er ihre entblößte Brust gesehen hatte, er wandte oft den Kopf ab.

»Das Leben dort ist nicht wie in der Großstadt, aber man gewöhnt sich daran. Früher war es der schönste Besitz der ganzen Provinz Limburg, und wenn einer es wieder hochbringen wollte …«

Er war verheiratet. Seine Frau war schon alt, sehr dick, mit ganz weißem Haar. Ob er auch mit ihr nach Hasselt fuhr? Edmée war eifersüchtig.

»Sie sind gerade in einem Engpass. Fred, der schnell die Flinte ins Korn wirft, redet davon, alles fallenzulassen, zu verkaufen …«

Der Onkel brachte Edmée mit seinem Wagen nach Neeroeteren zurück. Sie aber erzählte niemandem etwas von ihrer Reise. Diese gehörte ihr ganz allein!

Das war ihr Geheimnis! Ein einziger Mann hatte ihre

Brüste gesehen, und nun fragte sie sich vor dem Spiegel, ob sie auch nicht zu klein waren.

Ihr Leib war weiß, mit den Fingern konnte man die Rippen zählen, ihr kleiner Bauch wölbte sich ein wenig.

»Aber ich bin schwindsüchtig!«

Sie war stolz darauf, keineswegs traurig. Mia zum Beispiel war gar nicht imstande, Tuberkulose zu haben, und doch war ihr festes, hartes Fleisch ungesund, genau wie das ihres Vaters, der an einer einfachen Verletzung gestorben war.

Zwei Tage später erschien Onkel Louis von neuem. Edmée kam dazu, als er Fred ein seltsames Foto zeigte, auf dem man Rippen und dazwischen verschwommene, grauschwarze Formen sah: Es war ihr Röntgenbild.

Edmée hatte zwei Infektionsherde, die mit roten Pfeilen markiert waren.

»Es ist nicht so schlimm!«, sagte Onkel Louis und klopfte ihr auf die Schulter. »Nach sechsmonatiger Behandlung ist alles verheilt. Wenn man so jung ist …«

Fred blickte sie mit gerührter Bewunderung an.

10

Schon zum vierten Mal fuhr Edmée mit Onkel Louis zum Arzt nach Hasselt. Danach gingen sie wieder ins Hôtel Wouters, wo vor allem Geistliche verkehrten, und aßen im Speisesaal mit dem Milchglasdach zu Mittag.

Onkel Louis kannte alle und jeden. Der Wirt kam ihm zur Begrüßung entgegen, und die Wirtin hatte die unausstehliche Angewohnheit, Edmée die Wange zu tätscheln und mit starkem flämischem Akzent zu flöten:

»Und die liebe Kleine? Ist sie wieder gesund?«

Denn alle wussten Bescheid. Das Röntgenbild war von Hand zu Hand gegangen. Ein alter Pfarrer empfahl dringend, Edmée nach Lourdes zu bringen.

An diesem Tag hatte der Onkel geschäftlich in der Stadt zu tun. Nach dem Essen brachte er Edmée in den Aufenthaltsraum des Hotels und versprach, sie in zwei Stunden abzuholen. Draußen war es sehr kalt. Seit Anfang Dezember herrschte Frost, am Vortag waren die Neeroeterener auf den Kanälen Schlittschuh gelaufen.

Der Aufenthaltsraum wurde durch einen Kachelofen geheizt. Auf dem Tisch lagen nur religiöse Zeitschriften. Edmée wurde es zu heiß, sie stahl sich auf die Straße und ging den Bürgersteig entlang. Schon am Morgen war ihr die ungewöhnliche Belebtheit der Stadt aufgefallen. Trotz der Kälte waren mehr Fußgänger und mehr Autos unterwegs als sonst. Die Schaufenster waren geschmückt. Es war Vorweihnachtszeit.

Vor den Auslagen standen vor allem Mütter mit ihren Kindern. Auch Edmée blieb davor stehen. Zum ersten Mal seit langer Zeit war sie allein in einer richtigen Stadt, und alles interessierte sie. Sie blickte den Leuten nach, las die Titel im Schaufenster einer Buchhandlung, sie sah durch die Fenster eines Hauses und versuchte sich vorzustellen, was für ein Leben sich dahinter abspielen mochte.

Sie war überrascht, wie gut die meisten Leute gekleidet waren, wie viele Kinder Pelzmäntelchen und Lederhandschuhe trugen. Es gefiel ihr, hinter sich das schrille Klingeln der Straßenbahn zu hören und sie dann, erleuchtet wie ein Lampion, am Bürgersteig entlangfahren zu sehen.

Die Pflastersteine waren von hartem, kaltem Weiß. Die Kaufleute hatten ihre Schaufenster mit künstlichem Schnee dekoriert, und an den Weihnachtsbäumen hingen kupferfarbene und violette Kugeln.

Edmée gelangte zum Bahnhof mit dem Kiosk, wo sie zum ersten Mal die Lokalbahn nach Neeroeteren genommen hatte. Sie wandte sich nach rechts, bog in eine Straße ein, wo keine Geschäfte, sondern nur dunkle Häuserfronten zu sehen waren.

Fred hielt sich seit dem Vortag in Hasselt auf, und Edmée wusste, wo sie ihn finden würde, denn Mia hatte es ihr verraten. Er verbrachte viele Stunden in einem Café gleich hinter dem Bahnhof, das Chez Julie hieß.

Edmée suchte nicht bewusst danach, aber sie betrachtete die Häuser, las die Schilder. Sie ging um einen Häuserblock herum und entdeckte in einer der verlassenen

Straßen eine gelbe, Holzmaserungen vortäuschende Fassade mit Spitzenvorhängen an den Fenstern.

Hier war es also! In weißen verschnörkelten Lettern hatte jemand an eine Scheibe ›Chez Julie‹ gemalt. Ohne weiter nachzudenken, drehte sie den Türknauf. Sie stieß die Tür auf, die durch einen Luftzug gleich hinter ihr wieder zugeschlagen wurde.

Sie betrat einen fast leeren, langgestreckten Raum, wo nichts die Monotonie der zu beiden Seiten aufgereihten hellen Holztische unterbrach. Nur ganz hinten bei der Theke war der Rücken eines sitzenden Mannes zu sehen, der sich über eine Frau beugte, sie fast verdeckte.

Es war Fred. Edmée erkannte ihn an seiner schwarzen Jacke und seinem fleischigen Nacken. Er wandte sich nicht um. Er hatte einen Arm um die Schultern der Frau gelegt und redete mit schwerer Stimme auf sie ein.

Seine Gefährtin beugte sich vor, um zu sehen, wer eingetreten war. Sie hatte blondes Haar, und ihre Haut schimmerte rosig. Sie blickte Edmée erstaunt an und rief ihr im Dialekt etwas zu. Nun wandte sich auch Fred um, erhob sich mit einem Satz, warf dabei ein Glas um, machte einige Schritte, als wollte er seiner Cousine den Weg versperren.

Edmée war sehr ruhig. Noch nie hatte sie Fred so angeregt, mit so frischer Gesichtsfarbe, so großen, glänzenden Augen gesehen. Sie hatte auch den Eindruck, er schwankte ein wenig.

»Guten Tag, Fred! Störe ich dich?«

»Was machst du denn hier? Wer hat dir gesagt …?«

Im Hinterstübchen hob eine fettleibige alte Frau die Augen, um zu sehen, woher die Unruhe auf einmal kam.

»Ich möchte mich ein wenig aufwärmen.«

Edmée war wirklich durchgefroren, vor allem aber wollte sie noch mehr sehen. Fred, dem die Verblüffung die Sprache verschlagen hatte, ließ sie gewähren. Sie setzte sich zu der Frau, die erst die Glasscherben aufsammelte und dann wieder am Tisch Platz nahm.

Was für ein merkwürdiges Café und was für eine merkwürdige Frau! Alles schien ihr eigenartig, und obwohl sie ein paar einschlägige Bücher gelesen hatte, vermochte sie sich nicht zurechtzufinden.

»Trinkst du was, Mademoiselle?«, fragte die Blonde.

Edmée zeigte auf die kleinen Gläser.

»Was ist das, Fred?«

»Sherry«

»Das möchte ich auch.«

Sie blickte der Kellnerin nach, die zur Theke ging. Sie war groß und rundlich, aber nett anzusehen. Sie hatte eine helle Haut ohne die geringste Unreinheit, ohne einen Fleck. Sie war rosig, nur an den fleischigeren Stellen schimmerte sie weiß. Sie trug ein Seidenkleid, seiden waren auch ihre schwarzen Strümpfe, und ihre neuen Lackschuhe machten bei jedem Schritt ein knarrendes Geräusch.

Als die Frau sich nach vorne beugte, um Edmée einzuschenken, sah diese im Miederausschnitt ihre üppigen Brüste, die aber ganz kleine Brustwarzen hatten.

»Wo ist Onkel Louis?«

»Er hat mich im Hotel gelassen, weil er etwas erledigen musste. Ich habe noch Zeit.«

Freds Stimme klang nicht nur belegt, er lallte sogar ein wenig.

»Für mich auch!«, sagte er und zeigte auf die Gläser.

»Du spendierst mir doch auch noch einen«, sagte die Frau, die einen starken flämischen Akzent hatte.

Die Luft war schwer, und Edmée fühlte sich auf ihrer Bank von wohliger Wärme durchflutet. Alles war geschmacklos, die gehäkelten Vorhänge, die allzu hellen Holztische, der Lüster aus rosarotem Pressglas. Und doch war es wohltuend, in der sanften Wärme eines Kachelofens, der viel größer und prächtiger war als der im Hôtel Wouters, seinen Blick über den mit Sägemehl bestreuten Boden schweifen zu lassen, wo auch nicht ein abgebranntes Streichholz herumlag und wo die Tisch- und Stuhlbeine sich geordnet aneinanderreihten.

Das Café war ganz anders als die, von denen Edmée in den Büchern gelesen hatte. Ein Freudenhaus war es auch nicht. Nichts Schäbiges, das man verbergen musste! Der Kronleuchter war sicher genau von der Art, wie ihn sich die kleinen Leute von Hasselt erträumten.

Bestimmt stieß Fred einen Seufzer der Erleichterung aus, wenn er von Neeroeteren kam, wo die Petroleumlampen ein so trübseliges Licht verbreiteten, und die Tür zu diesem Café aufstieß. Hier war er bekannt! Hier wurde er mit Freude und Achtung empfangen, genau wie Onkel Louis im Hôtel Wouters!

Er trank und schäkerte mit der Frau, die neben ihm saß und lachend ihre zu kleinen Zähne zeigte. Er versetzte ihr liebevolle Klapse auf die fülligen, rosigen Arme, er beugte sich über sie, während die Alte gelegentlich die Tür hinter der Theke einen Spaltbreit öffnete und zu ihnen hinübersah.

Und er zahlte! Seine Brieftasche war mit großen Scheinen gefüllt, in seiner Stimme schwang Lebenslust.

»Jetzt hast du dich aufgewärmt, du solltest ins Hotel zurückkehren.«

Er war nicht ganz nüchtern, das sah sie wohl, aber er gab sich Mühe, streng zu sein und artikuliert zu sprechen.

»Ich hab noch Zeit.«

Der Sherry wärmte Edmée von innen. Sie wandte sich an die Frau:

»Bringen Sie mir noch einen!«

Fred wollte abwehren, aber die Kellnerin rief:

»Das hat noch niemandem geschadet. Drei Sherry?«

Die Frau war sicher eine stets gut gelaunte Person, immer zu einem Scherz aufgelegt, ohne laut herauszulachen, immer bereit, die nächste Bestellung aufzunehmen. Aus der Nähe entdeckte man kleine Fältchen in ihrer Haut, und tausend Kleinigkeiten zeigten deutlich, dass sie auf dem Land geboren war, dass sie als kleines Mädchen im Kapuzenmantel und in Holzschuhen kilometerweit zur Schule gelaufen war.

»Gib mir eine Zigarette, Fred.«

Vor elf Uhr durfte sie das Café nicht verlassen. Dann ging Fred mit ihr auf ihr Zimmer, das in einer Seitenstraße im zweiten Stock eines Arbeiterhauses gelegen war.

Edmées Vorstellungen waren nicht so präzise, aber sie betrachtete die beiden doch mit sexueller Neugier. Sie vergaß die Uhrzeit, wollte noch ein wenig bleiben. Als die Frau die Beine übereinanderschlug, betrachtete sie die Seidenstrümpfe, ihr rundliches Knie, den Schenkelansatz, verglich sie mit ihren eigenen langen, dünnen Beinen, die in Wollstrümpfen und Schnürschuhen mit schiefgelaufenen Absätzen steckten.

Die Frau fragte Fred auf Flämisch aus, und es war leicht zu erraten, dass sie nicht ganz ohne Misstrauen und Eifersucht von Edmée sprach. Edmée aber verspürte keine Eifersucht! Ganz im Gegenteil! Sie fühlte sich sowohl von dieser Frau als auch von der Atmosphäre in diesem Café angezogen, vielleicht auch von der unterschwelligen Sinnlichkeit, die sie spürte.

»Du solltest jetzt gehen!«, sagte Fred, der ständig auf die Uhr und dann zur Tür blickte. »Vor allem darfst du dem Onkel nicht sagen, dass du hier gewesen bist!«

»So dumm bin ich nicht!«, entgegnete Edmée gekränkt.

Sie war ein wenig benommen, ganz ähnlich wie in der Hütte, wenn sie zu lange ins Feuer geblickt hatte. Dazu kam noch das süße Parfüm der Frau sowie der schwere, ein wenig bittere Geruch des Sherrys.

»Ich gehe mit dir.«

»Das will ich nicht. Übrigens würde sich der Onkel dann noch mehr wundern.«

Fred sah sie beschämt und flehend an. Er hatte Angst! Welch ein Genuss für sie! Sie dachte daran, wie er dagesessen und wie glücklich seine Stimme geklungen hatte, als sie hereingekommen war. Er war es, der noch eine Bestellung aufgab:

»Noch einen Sherry, Rose!«

Sie hieß also Rose. Julie war zweifellos der Name der dicken Wirtin, die man in der Küche hantieren und mit ihren Katzen reden hörte. Man vernahm auch die Stimmen der Leute, die draußen vorbeigingen, dann und wann das Brummen eines Motors.

»Bist du beim Arzt gewesen? Was hat er gesagt?«

»Nichts hat er gesagt.«

Edmée war glücklich, sie wusste nicht, wie sie es zuwege brachte, ihn mit ihren Blicken zu beherrschen. Nachdem Rose Freds Glas gefüllt hatte, schenkte sie auch ihr noch einmal ein. Edmée trank genüsslich, ließ den Sherry eine Weile auf der Zunge, die ein wenig brannte.

In diesem Moment ging die Tür auf. Wie in einem Traum wuchs die Gestalt von Onkel Louis riesenhaft an, seine Hand packte Edmée am Arm, hob sie in die Höhe, sodass sie schwankte, als sie auf ihren Füßen stand.

Er wusste bestimmt schon alles. Wahrscheinlich hatte jemand das junge Mädchen hineingehen sehen und ihn benachrichtigt.

Er sagte kein Wort, aber nachdem er Edmée zur Tür gedrängt hatte, wandte er sich zu Fred um, der sich linkisch erhoben hatte, und versetzte ihm zwei Ohrfeigen. Edmée hätte nie gedacht, dass Ohrfeigen so knallen, im ganzen Café widerhallen könnten. Sie war wie gelähmt, schemenhaft sah sie Fred, der unbeweglich dastand, eine Hand an der linken Wange.

Aber schon befand sie sich draußen in der Kälte. Der Onkel schob sie vor sich her, stützte sie, öffnete mit einer Hand die Wagentür und bugsierte sie mit der anderen auf den Sitz.

Er war viel größer, viel stärker als Fred. Noch nie war ihr das so deutlich zu Bewusstsein gekommen. Edmée saß zusammengekauert in ihrer Ecke, während das Auto die Stadt verließ, den Silberstrahl seiner Scheinwerfer einzuholen versuchte, und rief sich alle Einzelheiten noch einmal ins Gedächtnis: Roses verblüfftes Gesicht, ihre schwarzen Seidenstrümpfe, die Lackschuhe, den Geschmack des Sherrys, ihren Abgang mit dem Onkel.

»Er ist nicht schuld«, sagte sie plötzlich laut.

Onkel Louis gab keine Antwort. Er blickte geradeaus. Sie war beeindruckt, auch von der Fahrt durch die Dunkelheit, denn er fuhr schneller als sonst.

Edmée hustete, um seine Aufmerksamkeit auf sich zu lenken, aber er achtete nicht darauf. Erst bei ihrem zweiten Anfall prüfte er nach, ob auch alle Fenster geschlossen waren.

Die Tante rupfte gerade ein Huhn, Mia bügelte Oberhemden auf dem Küchentisch, als Onkel Louis Edmée vor sich her in die Küche schob. Noch bevor die Tante den Kopf hob, ahnte sie Schreckliches, denn die Art, wie der Onkel das Haus betrat, war gar zu energisch.

Er legte weder Hut noch Mantel ab. Er setzte sich nicht, sagte ein Dutzend Sätze auf Flämisch. Die Tante legte die Hände über dem Huhn zusammen, Mia vergaß ihr heißes Bügeleisen.

Es war schon vorbei! Er war wieder weg! Das Auto sprang an. Die Tante blieb reglos sitzen, wie erschlagen von den Worten des Onkels. Mia betrachtete neugierig ihre Cousine.

»Jesus Maria!«

Endlich weinte die Tante, woraufhin die kleinen Mädchen, die Edmée nicht gesehen hatte, weil sie auf dem Boden saßen, zu ihr liefen, sich um ihre Beine drängten und ebenfalls in Tränen ausbrachen.

»Fred kommt bestimmt nicht zurück«, seufzte Mia und stellte ihr Bügeleisen wieder auf den Herd. »Ich kenne ihn.«

Edmée, die noch im Mantel dastand, musterte die Anwesenden mit kalten Augen; vor allem die Tante war ihr noch nie so fremd erschienen wie in diesem Augenblick. Sie hatte nicht die geringste Lust, sich in die Küche zu setzen und das Gejammer anzuhören.

»Wo gehst du hin?«

»In mein Zimmer.«

»Es ist nicht geheizt. Warte doch! Weißt du noch mehr? Onkel Louis sagt, es seien zwölftausend Franc. Das ist unglaublich.«

»Was für zwölftausend Franc?«

Mia klärte sie auf, und Edmée verstand nun, warum Onkel Louis so schroff gewesen war. Er war zur Bank gegangen, um einige Punkte zu klären. Als Vormund der minderjährigen Kinder hatte er Freds Konten überprüft.

Die Zahlen hatten sich als gefälscht erwiesen. Dreimal hatte Fred viertausend Franc für seinen eigenen Gebrauch abgehoben und sie als Geschäftseinbußen in die Bücher eingetragen.

Edmée war sicher die Einzige, die verstand, warum Fred einmal in der Woche dem dunklen Haus entfloh, um im Chez Julie stundenlang mit Rose in einem Winkel zu trinken. Er war ein reicher Mann! Er zahlte! Da kamen sicher noch andere Gäste ins Lokal, vielleicht auch andere Frauen, und er war der Großgrundbesitzer aus Neeroeteren, der immer zahlte!

Er sprach laut. Er hatte Zuhörer! Er wurde bewundert! Sicher spielten sie manchmal auch Karten, um ihm noch mehr Geld abzuknöpfen!

»Er ist so stolz, er kommt bestimmt nicht zurück«, schluchzte Mia, die nun auch ihr Gesicht in der Schürze verbarg.

Man hörte den Pferdewagen in den Hof einfahren, aber es vergingen zehn lange Minuten, bis Jef abgeschirrt hatte. Edmée hatte ihren Mantel ausgezogen und konnte sich nicht recht entschließen, auf ihr Zimmer zu gehen. Verwundert blickte Jef auf seine Mutter, seine Schwester und seine Cousine. Mit ihm kam die kalte Luft von draußen in die Küche, seine Lippen waren erstarrt.

Unter ständigem Schnäuzen erzählte ihm Mia, was vorgefallen war. Sie sprach flämisch. Jef stand reglos da, sah Edmée ruhig an.

Als Mia ihren Bericht beendet hatte, schob er die Bügeldecke zur Seite, holte sich eine Schale aus dem Schrank, füllte sie mit Suppe und löffelte sie wortlos aus.

Drei Tage lang war Fred fort. Am ersten Morgen erschien Onkel Louis im Jagdanzug, schloss sich im Büro ein, das er nur verließ, um eine Tasse Kaffee zu verlangen. Manchmal rief er auch Jef zu sich, der eine Weile bei ihm blieb, um dann wieder in den Stall oder in die Werkstatt zurückzukehren.

Die Kanäle waren zugefroren, und bei der Schleuse saß seit mehreren Wochen ein Schleppkahn im Eis fest.

Die Tante weinte zwar nicht mehr, aber sie alterte zusehends. Ihre Schultern waren gebeugt, und sie wirkte immer hagerer.

Mia war auch traurig, aber das nahm bei ihr andere Formen an. So kramte sie in Freds Schubladen, wo sie interessante Entdeckungen machte. Einmal zeigte sie Edmée ein goldenes Feuerzeug, das Fred unter seinen Hemden versteckt und das nie jemand zu Gesicht bekommen hatte.

Onkel Louis aß mit der Familie. Er vermied es, mit Edmée zu sprechen, aber sie spürte, dass er sie wohlwollend, ja, sogar mitleidig ansah, als sei sie das eigentliche Opfer des Unglücks.

Rechnete man mit Freds Rückkehr? Mia glaubte nicht daran, die Tante schwieg, und Jef stapfte von einem Gebäude ins andere und wiegte seinen dicken Kopf hin und her.

Am zweiten Tag brachte der Onkel einen kleinen, dürren Mann mit, den Buchhalter seiner Zigarrenfabrik, der ihm bei der Prüfung der Bücher behilflich sein sollte.

Onkel Louis wirkte noch größer als vorher. Wenn er die Küche betrat, schwiegen alle voller Angst und versuchten, in seinen Blicken zu lesen, denn er sagte nichts. Er rauchte ununterbrochen, paffte heftig. Im ganzen Haus roch es nach seinen Zigarren.

Ihm war immer zu heiß. Beim Mittagessen konnte es vorkommen, dass er Mia befahl, die Tür zu öffnen, und die anderen zitterten vor Kälte, ohne es sich anmerken zu lassen.

Am Abend des dritten Tages saß die Familie bei Tisch, als ein Auto zu hören war. Auf allen Gesichtern spiegelte sich lebhafte Neugier, nur Onkel Louis aß mit unbewegter Miene seine Suppe und zog dabei seinen Schnurrbart hoch.

Die Haustür wurde geöffnet. Die Tante hatte sich schon halb von ihrem Stuhl erhoben, ließ sich jedoch wieder fallen, als hätte sie etwas Verbotenes tun wollen.

Fred trat ins Haus. Einen Augenblick blieb er an der Schwelle stehen. Nur Edmée und Mia konnten ihm ins Gesicht sehen. Die anderen wagten nicht, sich umzudrehen. Der Schnurrbart von Onkel Louis bebte, doch seine Hand führte ruhig den Löffel zum Mund.

Anders als man hätte erwarten können, kehrte Fred keineswegs niedergeschlagen und verschmutzt nach Hause zurück.

Er wirkte sehr ruhig, bewegte sich mit feierlicher Gemessenheit. Sein Mantel war sauber, und er streifte seine neuen Handschuhe langsam ab. Er legte seinen Mantel über eine Stuhllehne, ging um den Tisch herum, und so natürlich, wie er es bei jeder Heimkehr zu tun pflegte, beugte er sich zu seiner Mutter hinunter, um sie auf die Wange zu küssen. Die Tante war leichenblass, ihre Unterlippe schob sich nach vorn, um einen Schluchzer zu unterdrücken.

Der Onkel hob den Kopf, sah Fred fragend an. Dieser ließ sich nicht aus der Ruhe bringen, ging zum Schrank, holte sich einen Teller und Besteck und setzte sich auf seinen Platz, seiner Mutter gegenüber.

Er vermied es, Edmée anzusehen. Er presste die Kiefer aufeinander. Nachdem er sich Suppe geschöpft hatte, wandte er sich halb zu Jef um und sagte auf Französisch:

»Bring mein Auto in die Scheune!«

Mia zuckte zusammen, denn Fred hatte nie ein Auto besessen. Der Onkel rückte seinen Stuhl vom Tisch, erhob sich und ließ seine Serviette zu Boden fallen – ihm zu Ehren hatte man Servietten und eine Tischdecke aufgelegt.

Er ging um den Tisch zur Tante, küsste sie auf die Stirn und sagte etwas auf Flämisch. Er bemühte sich, ebenso ruhig wie Fred zu erscheinen, aber er wirkte schon nicht mehr so groß wie vorher, und er stieß sich am Türpfosten.

Zur Tante hatte er gesagt:

»Morgen komme ich mit meinem Anwalt.«

Fred aß schweigend seine Suppe, seine Züge wirkten angestrengt. Er war erschöpft. Als hätte er die drei Tage nicht geschlafen.

Alle lauschten. Man hörte den Wagen des Onkels wegfahren. Erst dann erhob sich die Tante, stürzte weinend in die Arme ihres Sohnes. Die Worte, die sie dabei stammelte, vermochte Edmée nicht zu verstehen.

Von Fred konnte sie nur ein Auge sehen, das bekümmert und doch auch ein wenig stolz auf ihr ruhte, als hätte er das alles nur für sie getan.

11

Edmée hingen die Haare ins Gesicht. Sie stand in der Unterhose vor ihrer Waschschüssel und hatte eine dünne Eisschicht aufschlagen müssen. Ihr graute davor, sich mit dem nassen Handtuch die Wangen abzureiben.

Es war der letzte Sonntag vor Neujahr, noch früh am Morgen. Nur eine Kerze erhellte das Zimmer, und die vereisten Fensterscheiben waren milchig weiß. Bisweilen hörte sie ein Geräusch im Zimmer nebenan: noch jemand, der sich wie sie selbst für den Kirchgang anzog. Aber da ihr so kalt war und die Eisluft sie wie ein starrer Panzer umgab, vermochte sie sich nicht zu beeilen.

Ohne dass sie Schritte im Flur vernommen hätte, öffnete sich die Tür. Es war Mia. Sie hatte schon ihren Mantel mit hochgestelltem Pelzkragen an, und ihre Hände steckten in einem dicken Muff.

»Du wäschst dich?«

Sie selbst hatte sich damit begnügt, Puder und Rouge aufzulegen, und sicher hatte sie wieder in ihren Strümpfen geschlafen. Sie blickte auf die bläulichen Schenkel Edmées.

»Beeil dich! Du hast ja eine Gänsehaut.«

Aber dahinter steckte noch etwas anderes. Sie war in bestimmter Absicht gekommen, und während Edmée sich das Gesicht abtrocknete, fragte sie, ohne sie anzusehen:

»Stimmt es, dass du Fred heiraten willst?«

»Ich?«

Edmée fiel aus allen Wolken, vergaß sich anzuziehen. Sie stand einfach da, ihre Haut brannte vom kalten Wasser, nur langsam drangen Mias Worte in ihr Bewusstsein.

»Warum eigentlich nicht?«, fuhr Mia fort. »Du wärst nicht die Erste.«

Aber schon packte Edmée sie an ihrem Pelzkragen und schrie mit schriller Stimme:

»Wer hat dir das gesagt? Von wem hast du das?«

»Pst!«

Jemand rumorte im Zimmer nebenan.

»Ich werd's dir sagen. Es war Jef. Aber pass auf, er darf nicht wissen ...«

Schlotternd schlüpfte Edmée in ihr Unterhemd, ihre vor Kälte starren Finger vermochten die Häkchen ihres Rocks nicht zu schließen.

»Gestern waren wir allein. Ich habe ihn gefragt, warum er seit einiger Zeit, ungefähr seitdem du jede Woche nach Hasselt fährst, so merkwürdig ist ...«

Edmée fuhr zusammen, wäre beinahe rot geworden, denn etwas war tatsächlich anders, seit sie mit Onkel Louis zum Arzt fuhr. Aber wem sollte das aufgefallen sein? Der einzige Unterschied bestand doch darin, dass sie jetzt nicht mehr ununterbrochen in der gleichen Umgebung lebte, sich nicht mehr darauf beschränkte, von der Küche in die Hütte zu schleichen, sondern dass sie nun eine Abwechslung in ihrem Leben hatte: die Autofahrt durch die Baumalleen, das Hôtel Wouters, die Arztpraxis, die Straße mit ihren erleuchteten Schaufenstern und die klingelnden Straßenbahnen ...

»Was hat er geantwortet?«, fragte sie schneidend und zog endlich ihren Mantel an.

»Nichts. Er hat lange schweigend dagestanden. Dann hat er gesagt, dass er dich umbringt, wenn du Fred heiratest. Komm schnell! Ich glaube, Mama ist schon unten. Lass dir ja nichts anmerken!«

Im Wagen konnte Edmée an nichts anderes denken. Sie saß neben Jef, der die Zügel hielt. In den Räderspuren war das Wasser gefroren, die Erde war hart wie Metall. Wegen der Kälte sprach keiner. Man rückte eng zusammen, die Blicke schweiften über riesige Eisflächen.

Warum hatte Jef mit Mia gesprochen? Wie hatte er erraten können, dass etwas anders geworden war, obwohl nicht einmal sie selbst es gemerkt hatte? Er blickte stur geradeaus, hielt die Zügel nur in einer Hand, die in einem dicken Fäustling steckte.

Spielte sich nicht jeden Sonntag im Winter genau dieselbe Szene ab? Nein! Diesmal war es nicht dasselbe, obwohl nichts Außergewöhnliches geschah. Es wurde sonst auch nicht mehr gesprochen, aber wenn der Wagen am zweiten Wäldchen vorbeifuhr, pflegte Edmée an ein Eichhörnchen zu denken, das hier den Tod gefunden hatte, das größte Eichhörnchen der ganzen Sammlung. Obwohl Jef schwieg, wusste sie, dass er ebenfalls daran dachte.

Bei der Eisbahn rief sie sich den grünen Schlitten ins Gedächtnis, sie sah Fred vor sich, wie er das vollbusige Mädchen zu einer Runde eingeladen hatte, wie die ganze Familie zu Fuß hatte nach Hause gehen müssen, weil Jef und sie den Wagen genommen hatten.

In die Hütte ging sie nun seltener, zufälligerweise immer dann, wenn ihr Cousin nicht dort war. Sie machte es nicht absichtlich. Sie wusste selbst nicht recht, wie es kam. Sie hätte auch kaum sagen können, was Jef während der letzten beiden Monate gemacht hatte. Sie sah ihn fast nie. Sie wusste, dass er draußen mit den Arbeitern oder Feldhütern zu tun hatte, das war alles.

Aber warum hatte er von Fred gesprochen?

Während der Messe grübelte sie darüber nach und auch auf der Heimfahrt. Der Gedanke verfolgte sie noch, als sie sich die Hände über dem Feuer wärmte und die in Speck gebratenen Buchweizenfladen aß. Sie war wütend und erregt. Als Fred ohne Kragen herunterkam, warf ihr Mia einen vielsagenden Blick zu, und Edmée fand ihre Cousine lächerlich.

An diesem Sonntag ging Fred weder in die Messe noch ins Café, er zog sich nicht einmal fertig an, er blieb den ganzen Tag in Pantoffeln. Am Kamin wurde ein Familienrat abgehalten, und das monotone Gemurmel in flämischer Sprache zog sich über viele Stunden hin.

Jef war gleich zu Anfang weggegangen, als wäre er dabei überflüssig. Mia, die das Abendessen kochte, warf nur dann und wann einen Satz ein. Die Tante antwortete mit weinerlicher Stimme auf Freds Tiraden, während sie die Kleinen anzog. Sie hatte einen langen Brief von Onkel Louis bekommen. In seiner Eigenschaft als Vormund der Kinder, außer von Fred, der volljährig war, teilte er seiner Schwester mit, dass er Freds Entmündigung beantragen würde.

»Er ist nur zweiter Vormund«, entgegnete dieser, »die gesetzliche Vormundschaft hast du.«

Aber die Tante kannte sich in diesen Dingen nicht aus. Schon allein der Gedanke an den Friedensrichter erschreckte sie. Onkel Louis schrieb ihr unter anderem, dass er die ganze Familie ins Bild gesetzt und einen Anwalt mit der Sache betraut hatte.

Rauchend blickte Fred auf die Kochtöpfe, aus denen der Dampf entwich. Er hatte die Beine auf die heruntergeklappte Backofentür gelegt und wippte mit seinem Stuhl.

»Wir werden ja sehen!«

Er kümmerte sich nicht um Edmée, nur Mia übersetzte ihr hier und da einen Satz ins Französische.

»Das Auto hat mich fünftausend Franc gekostet. Jetzt komme ich schneller und billiger nach Hasselt.«

Die Tante widersprach ihm nicht, sie machte ihm keinen Vorwurf, aber zweimal holte sie den Brief des Onkels aus der Tischschublade, setzte die Brille auf und las einen Satz daraus vor, der eine weitere Anschuldigung gegen Fred enthielt.

»Er hat schließlich auch ein Auto.«

Langsam schmolz das Eis auf den Scheiben. Edmée betrachtete Freds Gesicht, das schon nicht mehr so männlich wirkte wie bei seiner Rückkehr von Hasselt. Es lag auch am Feuer, denn die Hitze färbte seine Nase rot, verengte seine Lider zu schmalen Schlitzen, brachte seine Augen zum Glitzern. Im engen Kreis seiner Familie brauchte er sich nicht aufzuspielen. Seine Mutter und er berieten sich, wie es Eheleute zu tun pflegen.

»Was machen wir am Mittwoch?«, fragte Mia auf Französisch.

Mittwoch war Neujahr. Seit eh und je versammelte sich die ganze Familie an diesem Tag bei Onkel Louis, dem ältesten Bruder, sogar ein Onkel, der bei Maastricht in

Holland wohnte, fand sich regelmäßig ein. Fred zuckte die Achseln.

»Das ist Sache deiner Mutter.«

Man sprach eine Stunde lang über dieses Thema. Für Fred kam der Besuch nicht infrage. Im übrigen musste er jetzt ohnehin auf Onkel Louis' Unterstützung verzichten, und das Klügste wäre, ihm so rasch wie möglich das geliehene Geld zurückzuzahlen. Die Frage, wie er dieses Geld auftreiben sollte, beschäftigte Fred, während er dem aus den Kochtöpfen aufsteigenden Dampf nachblickte.

»Ich glaube, dass wir hinfahren müssen«, seufzte Mia, während sie Holz nachlegte.

Die Tante war derselben Ansicht. Alle außer Fred würden hingehen, weniger wegen Onkel Louis als aus grundsätzlichen Erwägungen, wegen der anderen Familienmitglieder und der Leute überhaupt.

»Ich fahre nicht mit«, verkündete Edmée, die bisher geschwiegen hatte und die Fred vergessen zu haben schien. Er sah sie neugierig an.

»Warum?«

»Weil ich diesen Mann nicht leiden kann!«

Mit geröteten Wangen und flackerndem Blick brachte sie schließlich vor:

»Er ist ein Dreckskerl! Beim Doktor bleibt er absichtlich im Sprechzimmer, wenn ich mich ausziehe, und er versucht, mich nackt zu sehen.«

Ihre Schläfen pochten. Sie wusste sehr wohl, dass sie etwas von größter Tragweite gesagt hatte. Doch entgegen ihrer Erwartung wandte Fred sich ab, nahm seine ursprüngliche Haltung wieder ein. Es fehlte nicht viel, und er hätte die Achseln gezuckt.

Am nächsten Tag kam ein weiterer Brief vom Onkel, in dem er seine Schwester mit den Kindern für Mittwoch zum Mittagessen einlud, sich aber ausdrücklich den Besuch von Fred verbat.

»... außer wenn er sich dazu entschlossen hat, sich in aller Form zu entschuldigen, und mir glaubhaft verspricht, dass er sich in Zukunft anständig verhalten wird ...«

Die Tante weinte, als sie den Brief las. Fred warf ihn ins Feuer. Noch am selben Tag besuchte sie ein Priester, ein entfernter Verwandter, der in einem kleinen Dorf bei Maeseyck eine Pfarrei hatte. Er wartete, bis er allein mit der Tante war, um auf den Grund seines Besuchs zu sprechen zu kommen. Lange Zeit hörte man das Gemurmel seiner Stimme. Es klang, als vernähme man vom Kirchenvorplatz aus eine Predigt.

Währenddessen beobachtete Edmée ihren Cousin Jef. Ihr wurde klar, dass sie ihn nie richtig angesehen hatte, dass er in Wirklichkeit ein außergewöhnliches Wesen war, viel außergewöhnlicher, als seine Familie wusste. Sein Kopf war so groß, dass ihm keine Mütze aus einem Hutladen passte. Unter seiner vorgewölbten Stirn lagen die Augen tief in den Höhlen, und an der Nasenwurzel hatte er eine Einkerbung.

Er blickte ihr nicht in die Augen, nur wenn sie ihn nicht sehen konnte, sah er sie mitunter an. Alles, was über Onkel Louis gemunkelt wurde, schien ihm völlig gleichgültig.

Das war ein wenig beängstigend, so als stünde man plötzlich einem Tier gegenüber, dessen Reaktionen man nicht vorhersehen und in dessen Augen man nicht lesen kann.

Warum hatte er Mia ins Vertrauen gezogen, und wie war er auf Fred gekommen, obwohl er doch genau wusste, dass Edmée ihn abgewiesen hatte?

Am ersten Januar um acht Uhr war die ganze Familie zum Aufbruch bereit. Edmée kam herunter, umarmte alle reihum und wiederholte mit gezwungenem Lächeln immer denselben Satz:

»Ein gutes neues Jahr!«

Wie in anderen Jahren hatte man Waffeln gebacken, und das ganze Haus duftete nach dem süßen Gebäck, das die Kinder in den Kaffee tunkten.

»Ein gutes neues Jahr, Jef!«

Er ließ sich von Edmée neben das Ohr küssen und brummelte etwas.

»Ein gutes neues Jahr, Fred!«

Sie ließ ihn nicht gleich los und sagte mit Nachdruck:

»... und das Ende deiner Sorgen!«

Die Tante gab ihr einen Kuss, aber er war flüchtig und gedankenlos. Betrachtete sie Edmée, die seit über einem Jahr bei ihnen lebte, inzwischen ganz selbstverständlich als ein Familienmitglied?

Alle zogen ihre Mäntel an, außer Fred, der sich in seinem Büro einschloss, wo er selbst Feuer gemacht hatte. Jef spannte die Pferde an. Mia musste zweimal die Treppe hinauflaufen, weil die Tante ihre schwarzen Handschuhe vergessen und Alice kein Taschentuch hatte.

Endlich ratterte der Wagen aus dem Hof, und Edmée blieb allein in der Küche zurück. Um neun Uhr war die Familie aufgebrochen. Um halb elf saß Edmée immer noch ganz allein am Kamin. Plötzlich erhob sie sich hastig, ging in ihr Zimmer und zog sich um. Am Morgen hatte sie ein Kleid getragen, das man ihr in Neeroeteren hatte schneidern lassen und in dem sie ebenso formlos und unfertig aussah wie Mia. Nun fiel ihre Wahl auf ein altes schwarzes Kleid, das noch aus Brüssel stammte und vom häufigen Tragen ein wenig fadenscheinig geworden war. Es war etwas zu kurz und lag sehr eng an.

Edmée war guter Dinge und redete leise vor sich hin. Als sie hinunterkam, war das Feuer fast erloschen, und da sie fror, machte sie sich sogar die Mühe, Holz nachzulegen.

Sie wusste, dass der Pferdewagen, der nur mühsam vorankam, inzwischen Neeroeteren hinter sich gelassen hatte. Sie waren jetzt sicher alle steif gefroren und sahen dem Empfang beim Onkel voller Besorgnis entgegen.

Edmée blickte auf die Uhr, trat in den mit Platten belegten Korridor, blieb vor der Tür des Büros stehen. Doch statt einzutreten, beugte sie sich herab, um durchs Schlüsselloch zu spähen.

Fred saß vor einem Stoß von Papieren, die er aber keines Blickes würdigte. Er paffte seine Pfeife und starrte grimmig entschlossen vor sich hin. Er schien seinen Blick auf das Türschloss zu richten, sodass Edmée einen Augenblick lang glaubte, er habe ihre Anwesenheit gespürt.

Aber nein! Er nahm einen Bogen mit aufgedrucktem Briefkopf, las kurz und legte ihn ärgerlich beiseite. Dann griff er nach einem anderen und fuhr sich durchs Haar. Wegen der Pomade blieben seine Haare immer genauso liegen, wie er sie kämmte, und nun standen sie ihm zu Berge.

Eine Stunde lang arbeitete Edmée fieberhaft. Als sie zu Freds Arbeitszimmer zurückkehrte, hatte sie alle Mühe, ein triumphierendes Lächeln aus ihrem Gesicht zu verbannen. Sie klopfte an, weil alle im Haus, auch die Tante, anklopften, bevor sie diesen Raum betraten. Fred gab ein Brummen von sich und blickte sie verstört an. Es dauerte eine ganze Weile, bis er in die Wirklichkeit zurückfand.

»Was gibt's?«

»Komm essen, Fred!«

»Später.«

»Nein, später ist es kalt.«

Er folgte ihr widerwillig, und an der Küchentür blieb er kurz stehen, denn der Tisch war festlich gedeckt. Edmée hatte sogar eine Tischdecke und Servietten aufgelegt. Er setzte sich ein wenig unbeholfen an seinen Platz.

»Mia hat gesagt, im Schrank seien Eier und Speck«, murmelte er.

Sie aber servierte ihm kaltes Kalbfleisch mit Mayonnaise, ein Schinkenomelett und eine Nachspeise, die in Neeroeteren noch nie jemand gemacht hatte.

Edmée hatte ein kühles, strenges Gesicht aufgesetzt und bediente Fred mit übertriebener Höflichkeit. Dieser war beeindruckt:

»Du hast das alles gemacht?«

»Wer denn sonst?«

Sie erhob sich, um eine Schüssel aus dem Backofen zu nehmen, reichte sie Fred hinüber, aber nicht so, wie es die Tante oder Mia gemacht hätte, sondern wie die Dame des Hauses, die vornehme Gäste bewirtet.

»Wenn du möchtest, könnten wir jetzt eine Stunde spazieren gehen«, sagte sie.

Fünf Minuten später zogen sich beide in ihren Zimmern warme Kleider an.

»Setz deine Pelzmütze auf«, rief Edmée.

Sie meinte die alte Otterfellmütze, wie sie manche holländische Bauern noch heute im Winter tragen.

Fred sperrte die Haustür ab. Anfangs gingen sie schweigend die vereiste Straße entlang. Kein Geräusch, kein Windstoß unterbrach die Stille. Da auch die Wiesen mit hartgefrorenem Schnee bedeckt waren, hätte man glauben können, durch eine Mondlandschaft zu wandern.

»Es ist kalt!«, sagte Edmée, als sie zum ersten Wäldchen gelangten.

Er sah sie unsicher an, stammelte:

»Willst du dich nicht bei mir einhängen?«

Sie nickte. Vier- oder fünfmal machte sie kleine tänzerische Sprünge, um mit ihrem Cousin im Gleichschritt zu gehen.

»Bestimmt ist das ganze Dorf beim Eislaufen.«

Er hatte recht. Zehn Minuten später sahen sie die Rieselfelder, auf denen das Wasser gefroren war, und Scharen von winzigen schwarzen Gestalten, die wie Mücken dahinflogen.

»Diesmal haben wir aber den Schlitten nicht«, sagte Edmée anzüglich.

Sie spürte ein leises Zucken in seinem Arm.

»Soll ich ihn holen?«

»Nein! Lass uns laufen.«

Sie fühlte die Kälte im Gesicht, an den Händen und an den Beinen, aber sonst war ihr ganzer Körper warm. Sie ging auf Zehenspitzen, denn Fred war größer als sie.

»Stimmt das, was du neulich von Onkel Louis gesagt hast?«

»Was hab ich gesagt?«

»Dass er dir zusieht, wenn du dich beim Doktor ausziehst ...«

»Freilich stimmt das! Aber er sieht nichts, weil ich es immer so einrichte, dass ich ihm den Rücken zukehre.«

Sie ärgerte sich über ihre Großmut.

»Aber der Doktor hat es gesehen.«

»Was?«

»Alles!«

Ihr war zum Lachen zumute, aber sie konnte sich beherrschen. Als sie sich dem Eisfeld näherten, ließ sie Freds Arm nicht los, obwohl sie die gelbe Strickjacke der Bäckerstochter sah.

Sie gingen schnell. Mit seiner Otterfellmütze sah Fred aus, als wäre er der Landesherr persönlich. Sie schritten über das Eisfeld wie Leute, die sich an Volksbelustigungen ergötzen, aber nicht daran teilnehmen.

Innerlich jubelte Edmée. Das Herz schlug ihr bis zum Hals, aber sie ließ nichts davon nach außen dringen, ihr Gesicht war so bleich wie immer, ihr Verhalten von kühler Gelassenheit.

Die Eisdecke überzog drei Hektar Land, die jeweils durch eine tiefe, etwa einen Meter breite Rinne voneinander abgetrennt waren. Man konnte sie gut unterscheiden, denn das Eis war über den Wiesen von milchigem Weiß, während es über dem Wasser schwärzlich schimmerte.

Fred und Edmée mussten vorsichtig gehen, denn sie hatten keine Schlittschuhe. Zweimal wäre Edmée beinahe ausgerutscht und hielt sich am Arm ihres Cousins fest.

»Willst du noch weiter?«

»Ich will bis ans Ende gehen.«

Junge Männer sausten um sie herum, zogen komplizierte Schleifen, um Edmée zu beeindrucken. Die Bäckerstochter dagegen hielt sich ein wenig abseits, blickte aber unverwandt zu Fred herüber, vielleicht hegte sie die Hoffnung, dass er doch noch zu ihr käme.

Edmée kostete ihren Triumph voll aus. Ihre Augen schweiften zum nahen Wäldchen, wohin ihr Cousin mit dem Mädchen verschwunden war. Sie stellte sich vor, wie die beiden mit eiskalten Nasen, Händen und Beinen nach dem Lauf geschnauft hatten, wie Fred seine Begleiterin abgeknutscht, sie über einen Holzhaufen oder einfach in den Schnee geworfen hatte, irgendwohin, wie es gerade kam, genau wie er es mit Edmée versucht hatte! Die andere hatte vor Glück geblökt. Im Eiswind hatte sie ihre breiten, animalisch rosaroten, mit einer Gänsehaut überzogenen Schenkel zur Schau gestellt!

Eine Viertelstunde, hatte Mia gesagt. Höchstens!

Fred blieb den Bruchteil einer Sekunde stehen, als wäre er unvermittelt auf ein Hindernis gestoßen. Dann beschleunigte er seinen Schritt, zerrte seine Cousine am Arm vorwärts, doch Edmée spürte, dass etwas Wichtiges geschehen war.

»Was hast du?«

»Nichts!«

Edmée vergewisserte sich, dass die Bäckerstochter außer Sicht war, sie blickte sich um, entdeckte nichts Beunruhigendes.

»Was ist denn, Fred?«

Ihm stand das Entsetzen im Gesicht, als er sagte:

»Komm!«

Doch dann kam es ihr in den Sinn, den vereisten Boden genauer zu betrachten. Eben waren sie über eine Rinne von trüber grauer Färbung gegangen. Kinder mit hölzernen Schlittschuhen glitten im Gänsemarsch darüber hin, denn das Eis war hier glatter als anderswo.

Zwischen den Kinderbeinen aber leuchtete es rot. Edmée ließ plötzlich den Arm ihres Cousins los, wich drei Schritte zurück.

Der rote Fleck befand sich unter einer mindestens zehn Zentimeter dicken Eisschicht. Wenn man genauer hinsah, konnte man die Form eines Mützchens und sogar das grobe Strickmuster erkennen, denn das Eis vergrößerte alles wie eine Lupe.

Als Edmée Fred eingeholt hatte, fror sie so sehr, dass sich ihre Schultern förmlich zusammenzogen. Sie hängte sich nicht mehr bei ihm ein, und er tat, als hätte er es nicht bemerkt.

»Gehen wir heim!«, sagte sie.

Ohne zu wissen, warum, ging sie manchmal schneller, dann wieder langsam. Es wehte nur eine leichte Brise, aber sie brannte im Gesicht wie Nadelstiche.

Wortlos legten sie die drei Kilometer bis zum Haus zurück. Fred fand den Schlüssel nicht gleich, schloss endlich auf, und Edmée stürzte in die Küche, nahm den Deckel vom Herd, um sich Gesicht und Hände zu wärmen.

»Willst du einen Schnaps?«

Sie gab keine Antwort. Ohne seinen Mantel und seine Otterfellmütze auszuziehen, holte er den Geneverkrug aus dem Salon, füllte zwei Gläser.

Sie hatten den Tisch nicht abgeräumt, in einer Schüssel klebte noch ein wenig Omelett. Die Fensterscheiben schimmerten weiß. Die Flammen im Kamin tauchten den Raum in rötliches Licht.

Edmée leerte ihr Glas in einem Zug, das scharfe Getränk brannte ihr im Hals und in der Brust. Fred näherte sich nur zögernd dem Feuer, er hatte Mütze und Mantel immer noch nicht abgelegt.

»Edmée!«

»Ja …«, sagte sie, ohne sich umzuwenden.

Sie hielt ihre Handflächen über die Flammen und meinte, das Blut in ihre Adern zurückfließen zu sehen.

»Hörst du mir zu?«

»Ja …«

Sie hatte Angst, obwohl sie jedes Wort, das er sagen würde, im voraus wusste. Den Bruchteil einer Sekunde sah sie Jefs dicken Kopf vor sich, dann dachte sie an den Morgen, als Mia in ihrem Zimmer erschienen war.

»Wenn ich in die Stadt ziehen würde, nach Brüssel oder Antwerpen, wärest du dann bereit, mich zu heiraten?«

Sie schwieg, wärmte sich weiter auf und blickte begierig auf ihre Hände, die ganz durchsichtig wirkten.

»Willst du nicht?«

»Und die Rieselungen?«

»Die werden verkauft. Ich kenne jemanden, der sehr erpicht darauf ist …«

»Onkel Louis?«

»Ja.«

»Was wird aus Jef, Mia und den anderen?«

»Die werden genug Geld haben, um sich durchzubringen.«

»Ich werde es mir überlegen.«

Sie schlüpfte aus ihrem Mantel, setzte sich auf einen Schemel, um die Schuhe auszuziehen, und legte die Füße ins Backrohr.

»Ich möchte jetzt allein sein.«

Fred verließ die Küche. Sie hörte, wie er im Büro rumorte. Sie wusste, dass das Feuer dort seit langem erloschen war, aber er blieb trotzdem dort.

Gegen sechs Uhr hielt der Pferdewagen vor der Haustür. Mia und die Kleinen liefen zum Herd, denn sie waren blau gefroren.

»Wo ist Fred?«

»Im Büro.«

»Hat er nichts gegessen?«

Doch im selben Augenblick sah Mia den gedeckten Tisch, blickte Edmée an und konnte kaum ein Lächeln unterdrücken.

»Was gibt's da zu lachen?«, fauchte Edmée.

»Nichts.«

Nun trat auch die Tante, zu Tode erschöpft, in die Küche. Tiefe Furchen hatten sich in ihr Gesicht gegraben, und ihr Gang war schleppend. Sie sah so jammervoll aus wie ein Tier, das gute Behandlung gewohnt ist und plötzlich geschlagen wird. Es war nicht schwer zu erraten, was vorgefallen war. Die ganze Familie, ihre Brüder, ihre Schwägerinnen, ihre Cousins, alle waren über sie und vor allem über Fred hergefallen. Von Gerichtsurteilen, Anwälten, Treuhändern, von Pfändung war die Rede gewesen. Die Tante war am Ende ihrer Kräfte, sie ließ sich auf einen Stuhl fallen, zog nicht einmal die Handschuhe aus.

»Fred?«, fragte sie.

Mia antwortete auf Flämisch Die Tante sah Edmée an, wie sie sie immer angesehen hatte, mit einer Neugier, die Wohlwollen ausdrücken sollte, aber doch sehr angestrengt wirkte. Im Grunde brachte die Tante ihr das

Misstrauen entgegen, das ein Weibchen gegen ein anderes Weibchen hegt.

Jef schirrte das Pferd ab und brachte es in den Stall. Als er in die Küche trat, nahm er mit den Fingern das übriggebliebene Omelett aus der Schüssel und schob es in seinen großen Mund. Er aß es nicht wie einen Leckerbissen, sondern einfach, um seinen Hunger zu stillen, doch auch er blickte verblüfft auf den gedeckten Tisch.

Es war Mia, die an der Tür zum Büro anklopfte, nicht sofort, sondern erst nachdem sie aus Gemüse, den am Vorabend gekochten Kartoffeln und Sauermilch einen heißen Auflauf zubereitet hatte. Fred setzte sich an seinen Platz. Das Tischtuch war verschwunden. Die Teller standen wieder auf dem blanken Holz. Edmée hatte erklärt:

»Ich habe keinen Hunger!«

Sie blieb vor dem Herd sitzen, ihre bloßen Füße steckten im Backrohr. Fred fragte etwas auf Flämisch, Mia antwortete gekränkt. Edmée erriet den Inhalt des Gesprächs.

»Was haben sie gesagt?«

»Dass sie einen Prozess anstrengen würden.«

Mit der matten Stimme einer Kranken, einen Hustenanfall aus tiefster Brust vortäuschend, stieß Edmée hervor:

»Fred!«

Alle wandten sich nach ihr um, die Löffel standen still in der Luft.

»Was ist?«

»Die Antwort ist ja.«

Freds Löffel kam als Erster wieder in Bewegung. Mia sagte mit gekünstelter Ruhe:

»Ich muss nach oben.«

Die jüngeren Geschwister verstanden nichts von dem, was hier vorging, und blickten die Erwachsenen reihum an. Die Tante aber beugte sich tief über ihren Teller und aß, ohne zu wissen, was sie zu sich nahm. Sie war bleich, atmete kaum. Fred löffelte geräuschvoll seinen Teller aus.

Übertönt wurde alles vom gleichmäßigen Summen des Feuers und vom Pfeifen des Wasserkessels, dessen Deckel vom Dampf angehoben wurde.

Zur Rechten die beiden Fenster, deren bereifte Scheiben noch nie so weiß gewesen waren.

Draußen überall erstarrtes Weiß, mondhaft schimmerndes Weiß, nur unterbrochen von den schwarzen Striemen der Pappeln und irgendwo unter dem Eis der rote Fleck eines Kindermützchens.

12

Als der beleibte und als leutselig bekannte Untersuchungsrichter Coosemans mit seinem Sekretär den Palais de Justice verließ, lief er zufällig Doktor Van Zuylen über den Weg, der ihm gerade einen Bericht vorbeibringen wollte.

»Steigen Sie schnell ein«, rief er und schob den Doktor in ein Taxi. »Es scheint Arbeit zu geben, der Staatsanwalt ist in seinem Auto schon vorausgefahren.«

Antwerpen war in einen feinen Oktoberregen getaucht, und die Pflastersteine waren glitschig. Vor dem Hauptbahnhof verloren sie Zeit, weil sich der Verkehr staute, nachdem der Zug aus Paris eingefahren war. Dann ging die Fahrt in ein ruhiges Wohnviertel mit breiten Straßen und zweistöckigen Häusern, die sich kaum voneinander unterschieden. Trotz des Regens stand eine Menschenmenge vor der Hausnummer 73. Gleichzeitig hielt am Bürgersteig ein Privatauto, das aus der entgegengesetzten Richtung kam. Untersuchungsrichter Coosemans lachte zufrieden, denn es war der Staatsanwalt, der schon fünf Minuten vor ihm abgefahren war und erst jetzt eintraf. Allerdings saß dieser selbst am Steuer und war kurzsichtig.

Zwei Polizisten bewachten den Hauseingang. Auf dem Bürgersteig standen fast nur Nachbarn, vor allem Frauen, die wegen des Ereignisses ihre Hausarbeit stehen- und liegenlassen und gerade noch schnell einen Schirm mitgenommen hatten. Als die Leute vom Eintreffen der Staatsanwaltschaft hörten und sahen, dass der Kommissar eilig auf den Staatsanwalt zuging, trat feierliche Stille ein.

Das Haus hatte wie die anderen auch zwei Stockwerke. Das Untergeschoss bestand aus Mauerstein, das Obergeschoss aus frischzementierten Backsteinen. Schon im Flur spürte man, dass sich in dieser harmonischen, Ordnung und Sauberkeit ausstrahlenden Welt eine Tragödie abgespielt haben musste. Auf den Fliesen im Korridor, wo ein Schirmständer aus blauer Keramik stand, zeichneten sich Schuhabdrücke und sogar kleine Rinnsale ab.

Richter Coosemans schnupperte.

»Hier riecht es ja furchtbar nach Medikamenten!«

Der Staatsanwalt legte verächtlich seinen Finger auf eine Kupferplatte an der rechten Wohnungstür mit der Aufschrift: *Zahnchirurgie.*

Der Zahnarzt im weißen Kittel und seine noch ungekämmte Frau standen unten an der Treppe.

»Ich habe sie ausgefragt. Sie wissen nichts«, sagte der Bezirkskommissar. »Wie Sie sehen, gibt es in diesem Miethaus keinen Concierge. Während der Praxiszeiten ist die Tür nicht abgeschlossen, und jeder kann ungesehen das Haus betreten.«

Je näher man der Treppe kam, desto schwächer wurde der Arzneigeruch, und immer mehr roch es nach gebohnertem Linoleum. Die Wandbemalung täuschte Marmor vor.

»Ist es noch weiter oben?«

Die vier Männer stiegen hintereinander die Treppe hinauf, vier Hände glitten am Geländer entlang.

»Die alte Dame im ersten Stock ist die Hausbesitzerin.

Sie müssen sehr laut sprechen, Herr Staatsanwalt, sie ist stocktaub.«

Sie stand schon am Treppenabsatz, und vielleicht war sie gar nicht so taub, denn sie warf dem Kommissar einen hochmütigen Blick zu. Sie trug ein schwarzes, mit Schmucksteinen besetztes Kleid, fingerlose Handschuhe und Schuhe mit großen silbernen Schnallen von der Art, wie sie Geistliche haben.

»Können Sie uns etwas dazu sagen, Madame?«

Vom zweiten Stock drangen gedämpfte Geräusche zu ihnen herunter, doch der Staatsanwalt hatte es nicht eilig. Er nickte mit dem Kopf, unterbrach die alte Dame von Zeit zu Zeit, um dem Sekretär zu bedeuten, er solle doch ja mitschreiben, die Aussage der Besitzerin sei sehr interessant.

Der Sekretär notierte Folgendes auf seinem Notizblock:

Ehepaar Van Elst, seit acht Monaten zur Miete, ebenso lange verheiratet. Der Ehemann ist Sekretär bei einer franko-belgischen Schifffahrtsgesellschaft. Besitzerin behauptet, sie könne hören, wenn jemand in der Wohnung über ihr herumgehe. Die Ehefrau Van Elst steht spät auf. Schlechte Hausfrau. Kocht fast nie. Essen kalt oder gehen ins Restaurant. Kommen spät heim. Keine Freunde. Nur Besuche vom Bruder Van Elst, der sich nie die Schuhe abputzt.

»Ist das richtig so, Kommissar?«

»Ganz genau. Gerade die letzte Bemerkung liefert uns eine ernst zu nehmende Spur. Heute Morgen, kurz vor neun Uhr, ist ein Mann oben gewesen und etwa eine halbe Stunde geblieben. Madame sagt, er sei nicht viel umhergegangen. Madame Van Elst habe noch im Bett gelegen. Als der Mann wegging, hat die Hausbesitzerin versucht, ihn zu sehen, aber nur seinen Rücken zu Gesicht bekommen. Dafür hat sie auf der Treppe die ihr bekannten Schuhabdrücke wahrgenommen, denn schon zweimal hatte sie denselben Besucher ermahnt, sich die Schuhe abzuputzen.«

»Ist es der Bruder?«

»Genau.«

Der Staatsanwalt stieg weiter nach oben, die anderen Herren folgten ihm.

»Wollen Sie zuerst die Leiche sehen?«

Man brauchte nur die linke Tür aufzustoßen. Sie führte in ein alltägliches Schlafzimmer, wie man sie in den Schaufenstern von Warenhäusern sieht. Die Möbel und der Teppich waren noch neu.

Im Schrankspiegel sah der Staatsanwalt zuerst das Bild eines zerwühlten Bettes mit einer halbnackten Frau. Er wandte sich um, nahm die Brille ab, setzte sie wieder auf, nahm sie wieder ab, putzte umständlich die Gläser, denn er brauchte etwas Zeit, um seine Fassung zurückzugewinnen.

Das rosarote Deckbett war auf den Bettvorleger gerutscht. Ein Polizist stand am Fenster, wusste nicht so recht, was er mit sich anfangen oder wohin er seinen Blick richten sollte. Auf dem Nachttisch tickte ein Wecker. Auf dem Boden lagen ausgetretene Pantoffeln und ein Unterrock.

»Was sagen Sie dazu, Doktor?«

Das Gesicht der Toten war schmal, und das rotbraune Haar auf dem Kopfkissen war sehr fein und seidig und wirkte sehr lebendig. Als Erstes schloss der Arzt ihre Lider und prüfte mit dem Zeigefinger, wie weit die Totenstarre schon fortgeschritten war, dann wandte er sich verlegen den anderen Männern zu und murmelte:

»Sie ist offensichtlich erwürgt worden, aber …«

Er zuckte die Achseln.

»Na ja, sei's drum!«

Er beugte sich über die Leiche, die nur mit einem Nachthemd bekleidet war, das den Bauch freiließ. Der Staatsanwalt wandte sich ab. Untersuchungsrichter Coosemans nutzte den Augenblick, um seine Zigarre wieder anzuzünden, und der Sekretär fragte den Kommissar:

»Heißt diese Dame Van Elst?«

»Edmée Van Elst, neunzehn Jahre alt, geboren in Brüssel.«

Der Doktor richtete sich wieder auf und sah sich nach der Toilette um.

»Sie ist vergewaltigt worden.«

Er hatte das weiße Leintuch über den Körper und das Gesicht der Toten gezogen. Man hörte, wie er sich nebenan lange die Hände einseifte. Als der Staatsanwalt aus dem Zimmer gehen wollte, hielt ihn der Kommissar zurück:

»Das habe ich im Bett gefunden.«

Er zeigte ihm vier violette Steine, die zu einem alten Schmuckstück gehört haben mochten, dann ein geschnitztes Kästchen mit dem eingegossenen Buchstaben *E* und schließlich ein kleines rotes Stück Strickware.

»Ich habe den Ehemann nach diesen Dingen gefragt.«

»Pardon, Herr Kommissar, alles der Reihe nach. Wer hat das Verbrechen entdeckt?«

»Der Milchmann, der jeden Morgen um halb zehn kommt. Er hat das ganze Haus alarmiert, man hat mich angerufen, und ich habe Sie sofort in Kenntnis gesetzt, noch bevor ich mich auf den Weg gemacht habe.«

»Wo war der Ehemann?«

»Der Zahnarzt im ersten Stock hat ihn in seinem Büro angerufen. Jetzt ist er im Esszimmer. Er hat die Steine, die, unter uns gesagt, sicher unecht sind, noch nie gesehen, auch das Kästchen nicht. Zu diesem gestrickten Läppchen hat er sich nicht äußern wollen.«

Seitdem die Leiche zugedeckt war, sprachen alle etwas lauter.

»Sonst hat er nichts gesagt?«

»Zuerst ist er mit Riesenschritten umhergelaufen und hat geschrien. Dann hat er sich auf die Knie geworfen. Als er wieder aufstand, hat er diesen Stuhl zertrümmert. Er ist sehr stark, sehr hitzig. Er hat geweint, gebrüllt. Einmal ist er sogar mit dem Kopf gegen die Wand gerannt. Ich habe ihn ins Esszimmer bringen lassen, wo ihn jetzt einer meiner Männer überwacht.«

Der Staatsanwalt blickte sich noch einmal um, um sich zu vergewissern, dass er nichts vergessen hatte, dann trat er auf den Flur, wartete, dass der Kommissar die dritte Tür öffnete, denn die zweite, die nur angelehnt war, führte in die Küche.

Durch die Tüllvorhänge an den Scheiben sah man die Fenster des gegenüberliegenden Hauses und die Leute, die herüberblickten, unter ihnen sogar ein alter Mann mit einem Fernglas.

»Wo ist er?«

Der Polizist wies mit dem Finger auf Fred Van Elst, der, gegen das Buffet gelehnt, in einer Ecke hockte. Das Kinn war ihm auf die Brust gefallen, die Haare standen ihm zu Berge, die Arme hingen schlaff herunter.

»Stehen Sie bitte auf!«

Er hob nur den Kopf, sein Gesicht war geschwollen, aufgeschlagen, die Augen gerötet, die Lider aufgequollen, und aus der Oberlippe rann Blut.

»Was soll das alles?«, stammelte er mit einer so belegten Stimme, dass der Kommissar sich zu ihm herabbeugen musste, um ihn zu verstehen.

»Der Herr Staatsanwalt und der Herr Untersuchungsrichter möchten wissen …«

Langsam richtete Fred seinen schlaffen Körper auf, betrachtete sie nacheinander mit stumpfem Blick und fuhr sich mit der Hand über die Stirn. Dem Staatsanwalt war die Sache unheimlich. Fragend sah der Kommissar den Polizisten an.

»Was soll das alles?«, wiederholte Fred und stützte sich so schwer auf das Buffet, dass eine Tasse umfiel.

Der Polizist zeigte auf eine leer getrunkene Flasche Rum, die neben dem Stuhl am Boden lag.

»Ich wollte ihm ein wenig Rum zur Stärkung geben, weil ich befürchtete, er könnte sich etwas antun. Er hat alles getrunken!«

Die Ellbogen auf die Buffetablage gestützt, sah Fred sie mit leeren Augen an. Er schien sie gar nicht wahrzunehmen. Doch dann und wann blitzte Verstehen in seinem trüben Blick auf.

Von der alten Hausbesitzerin, die ihren Posten auf dem

Treppenabsatz gehalten hatte, erfuhren sie die Adresse des Bruders Jef Van Elst, der zusammen mit seiner Mutter und seinen jüngeren Schwestern in der Vorstadt, in Berchem, lebte.

Der Staatsanwalt nahm den Doktor in seinem Wagen mit, während der Kommissar mit Richter Coosemans ins Taxi stieg.

»Im Grunde läuft die Sache ganz von alleine«, bemerkte der Richter. »Freilich wird der Bruder nicht leicht zu finden sein ...«

Sie kamen durch eine lange Geschäftsstraße, wo die Menschen wie Ameisen über das glitschige Pflaster liefen. Coosemans zog nachdenklich an seiner Zigarre, durch das Taxi zog blauer Qualm.

»Wir bekommen sicher einen Winter wie vor zwei Jahren, nichts als Regen und Nebel. Mir persönlich ist die strenge Kälte lieber, wie wir sie letztes Jahr hatten.«

Auf beiden Seiten flogen Ladenschilder vorbei. Sie überholten Straßenbahnen, Lieferwagen und die schweren Brauereilaster.

Nach einer Kreuzung wurde die Straße breiter, weniger geschäftig, die Häuser waren niedriger. Die Limousine des Staatsanwalts hielt vor einem langgestreckten Gebäude, das um ein riesiges Hoftor angelegt schien.

Zur Linken befand sich das Wohnhaus mit winzigen Fenstern und cremefarbenen Vorhängen. Auf jeder Brüstung stand ein Kupfertopf. Ein frisch gemaltes Schild verkündete:

Delikatess-Bonbons Van Elst

Schon auf der Straße konnte man den Zuckergeruch wahrnehmen. Der Kommissar klingelte, ein achtjähriges Mädchen öffnete die Tür, warf furchtsame Blicke auf die vielen fremden Leute.

»Ist Jef Van Elst zu Hause?«

»Da müssen Sie durch die andere Tür.«

Sie sprach limburgisches Flämisch, das sich vom Antwerpener Dialekt unterscheidet. Ihr blondes Haar war zu festen Zöpfen geflochten, die als kleine, harte Schwänzchen über ihrer rosa karierten Schürze baumelten.

»Ich bringe Sie hin.«

Sie schloss die Tür hinter sich, machte einige Schritte auf dem Bürgersteig in Richtung Einfahrt.

»Ist er heute schon weggegangen?«, fragte sie der Staatsanwalt und hielt sie einen Moment fest.

»Ja, heute Morgen.«

Sie gingen durch die Einfahrt. Im Hof stand ein Lieferwagen mit demselben Schriftzug, wie sie ihn schon am Haus gesehen hatten, der Zuckergeruch wurde stärker. Die Männer, die dem kleinen Mädchen folgten, sahen sich erstaunt an.

»Sag mal, Kleines! Ist deine Mutter hier?«

»Sie können sie hinter dem Fenster sehen, auch meine Schwester Mia, die uns hilft, weil wir die Bestellungen für den Niklaustag und für Weihnachten ausliefern müssen.«

Durch das Fenster sah man zwei Frauen in einem niedrigen Raum sitzen, vor ihnen standen große Kuchenbleche mit roten und blauen Bonbons, die sie einzeln in durchsichtiges Papier einwickelten. Die jüngere Frau erhob sich, öffnete die Tür und rief:

»Was gibt's denn, Alice?«

Sie war schwanger, ihre Züge wirkten verhärmt, um die Nase war ihre Haut gelblich verfärbt.

»Es ist für Jef!«

Hinter der nassen Scheibe fuhr die ältere Frau fort, mit gleichmäßigen Bewegungen das Papier zu falten, ohne irgendetwas zu sehen, vielleicht ohne zu denken. Sie hatte ein ausgezehrtes, hoffnungsloses Gesicht, farblose Augen. Zwei Hühner liefen pickend im Hof herum.

»Hier entlang!«

Alice führte sie in einen kleineren Hof, wo etliche Kanister Kartoffelzucker im Regen standen.

»Jef!«

Sie stieß eine Tür auf, und man sah den roten Schein eines offenen Backofens.

»Jef!«

Die Kleine war ratlos, ein wenig verängstigt.

»Lass mich als Erster hineingehen«, sagte der Kommissar und schob das Kind zur Seite.

Hintereinander traten die Männer in den Raum, Alice blieb draußen zurück. Lange Marmorplatten waren vollgestellt mit Blechen, auf denen sich Caramels und andere Bonbons häuften, die noch nicht verpackt waren. In den Zuckergeruch mischte sich der beißende Gestank von Angebranntem.

Sie mussten sich erst an das Zwielicht gewöhnen. Die Herdflammen brannten so hell, dass die Augen schmerzten. Nach und nach traten die Umrisse der Dinge deutlicher hervor. Erst jetzt bemerkten sie den Mann mit mehlbestäubtem Haar, der, den Kopf in den Händen, vor dem Herd saß.

Er trug eine alte Hose, die von einem Riemen gehalten wurde, und ein ärmelloses Hemd, wie es die Bäcker haben. Auf seinen nackten Armen zeichneten sich runde, kräftige Muskeln ab. Der Staatsanwalt näherte sich ihm nur zögernd. Der Kommissar zog vorsichtshalber einen Revolver aus seiner Tasche.

»Jef Van Elst! … Im Namen des Gesetzes fordere ich Sie auf, sich widerstandslos zu ergeben …«

In den Rücken kam eine leise Bewegung, langsam erhob sich der Mann, seinen riesigen Kopf, der im Feuerschein etwas Unmenschliches hatte, hin- und herwiegend. Ebenso langsam drehte er sich um, er wirkte ruhig, seine Augen waren trocken.

»Erbsyphilitiker …«, flüsterte der Arzt dem Untersuchungsrichter Coosemans zu, der es nicht hörte oder nicht verstand.

Der Staatsanwalt scheuchte das kleine Mädchen fort, das auch hereinkommen wollte:

»Geh zu deiner Mama spielen!«

Nun war wieder der Kommissar zu vernehmen:

»Jef Van Elst, im Namen des Gesetzes verhafte ich Sie wegen Mordes und Vergewaltigung Ihrer Schwägerin Edmée Van Elst, begangen heute Morgen in deren Wohnung in der Rue de Bruxelles.«

Der Mann vor ihnen, dessen Gesicht von ebenso tristem Grau war wie das Mehl, fuhr sich mit beiden Händen über die Wangen, die Augenlider und den Nacken.

»Ach ja …«, seufzte er.

Er wandte sich zum Feuer. Der Kommissar dachte, er führe etwas im Schilde, warf sich auf ihn und umklammerte ihn. Jef schüttelte ihn ab, rührte sich aber nicht von der Stelle und sagte leise:

»Machen Sie keinen solchen Lärm. Die Kleinen könnten uns hören ...«

Sie schwiegen, dann fuhr er fort:

»Wir gehen durch das Hoftor.«

Man hätte meinen können, dass er sich nicht vom Feuer losreißen konnte. Als er die Männer wieder anblickte, sah er aus wie ein Blinder, so lange hatte er in die Flammen gestarrt.

»Jef Van Elst«, ließ sich nun der Staatsanwalt in feierlichem Ton vernehmen, gleichzeitig machte er dem Sekretär ein Zeichen, er solle sich bereithalten, die Antwort zu notieren, »warum haben Sie Ihre Schwägerin ermordet?«

Der Kommissar hielt die Handschellen bereit. Aus dem Hof tönte die schrille Stimme der schwangeren Schwester:

»Alice! ... Alice! ...«

Mit plötzlicher Bissigkeit entgegnete Jef:

»Was hätten Sie denn getan?«

In der folgenden Nacht sprang er aus der Krankenstation des Gefängnisses, die im dritten Stock gelegen war. Noch sechs Tage brauchte er zum Sterben.

Marsilly, La Richardière, 1932

Karl-Heinz Ott

Der Drang zum Abgrund

Wenige Jahre nach dem Zweiten Weltkrieg erscheint Roland Barthes' Schrift *Am Nullpunkt der Literatur*. Sie feiert eine literarische Sprache, deren schiere Nacktheit nichts Gefühliges kennt und ohne weltanschauliche Untertöne auskommt. Barthes denkt dabei an Camus' *Der Fremde*, in dem ohne sozialkritischen Beiklang und ohne jede Moral eine fatale Geschichte erzählt wird, die es dem Leser überlässt, was darüber zu denken ist. Man könnte ebenso auf Simenons *Das Haus am Kanal* verweisen, wo wir in eine Welt eintauchen, die uns das Gruseln lehrt. Ein Gruseln allerdings, das sich keiner Effekthascherei verdankt, sondern Simenons zoologischem Blick, mit dem er Menschen beobachtet wie zusammengepferchte Tiere, die nicht davonlaufen können. Nicht zufällig kommt zu genau der Zeit, als Simenon Romane wie *Das Haus am Kanal* schreibt, der Behaviorismus auf, den weniger interessiert, was Menschen über sich selbst denken, als was sie in bestimmten Situationen miteinander anstellen. Während Schriftsteller ihre Figuren häufig von innen heraus schildern, schaut Simenon ihnen zu wie seltsam vertrauten Wesen, die Staunen erregen. Er fragt nicht, was sie seit Kindheit umtreibt, er sperrt sie in eine Art Käfig und wartet, was passiert. Statt mit ihnen zu leiden oder sich über sie zu erheben, beschreibt er, was sich abspielt.

In dem Roman *Das Haus am Kanal* wird die sechzehnjährige Edmée von heute auf morgen aus allem Vertrauten herausgerissen. Nach dem Tod ihres Vaters schickt man sie aufs Land zu Verwandten, die sie so gut wie nicht kennt. Weil die Mutter schon bei ihrer Geburt gestorben ist, steht sie als Vollwaise da. Das Schicksal schleudert sie aus wohlbehüteten Verhältnissen hinein in ein Leben, das in seiner bäurischen Härte etwas Animalisches hat, zumindest was die beiden Cousins angeht. Ihre Cousinen nehmen Edmée zwar freundlich auf, doch im Grunde hat man sich nichts zu sagen. Auch die Tante ringt um Wohlwollen, gelangt aber übers bloße Bemühen nicht hinaus. Edmée kann sich an diese Leute und ihr Leben nicht gewöhnen und will es auch nicht. Allerdings übt die Gefühllosigkeit, mit der ein Cousin Eichhörnchen totschlägt und ihnen das Fell abzieht, bald eine derartige Faszination auf sie aus, dass sie sich nicht satt daran sehen kann.

Weil auch in dieser Familie gerade erst das Oberhaupt zu Grabe getragen worden ist, greift eine Unruhe um sich, die sich nicht nur mit den plötzlich entdeckten Löchern auf dem Konto erklären lässt. Solange der Vater gelebt hat, sah man die Abgründe nicht, doch auf einmal blickt man wie am benachbarten Kanal, der wegen eines versunkenen Schiffs und ertrunkener Pferde abgelassen werden musste, auf lauter Schlamm und Morast. Wir befinden uns in einer Moorlandschaft, die keinen festen Grund kennt und Leichen birgt. Über dem ganzen Haus liegt etwas Krankes, alles scheint zu faulen. Mit jedem weiteren Tag erweist es sich als toxischer Brutkasten, aus dem es kein Entrinnen gibt. Man ist einander ausgeliefert wie in Sartres Stück *Geschlossene Gesellschaft*, wo es am Ende heißt: »Die Hölle, das sind die andern.« Bei Simenon heißt es lapidarer: »Nirgends war man mehr für sich.« Zugleich treibt Edmée »ein dunkles Bedürfnis, bei den Männern zu sein«.

Schon auf der Fahrt dorthin hat sich wenig Schönes angekündigt: endloser Regen, schmutzigbraune Backsteinhäuser, Kohlehalden. Der Zug ist in die »unermessliche Leere einer Landschaft« entschwunden, mit »säuerlichen Farben« und einem Licht, das in langen Wintern selten sein Fahles verliert. Die Leere der Landschaft spiegelt den Leerlauf der Tage, wo jeder auf etwas wartet, von dem er nicht weiß, was es ist. Alles wirkt überhitzt und wie gelähmt, überall spürt man eine dumpfe Triebhaftigkeit, die nicht zum Durchbruch kommen will. Den Umschlagspunkt bildet die Tötung eines Buben, der im Wald beobachtet, wie einer der Cousins über Edmée herfällt, und sich weigert, darüber Stillschweigen zu wahren. Diese unvergleichliche, an Spannung nicht zu überbietende Szene ist brutal und grotesk zugleich. Ausgerechnet ein Kind, das Züge eines Gnoms erhält und Gottesurteil spielt, bringt alles zum Kippen. Man verscharrt es im Moor, ein Mord lastet nun auf dem Haus, von dem nur die Cousins und Edmée wissen. Auf Gedeih und Verderb sind sie jetzt aneinandergefesselt. Edmée wird krank, ihr Fieber steigt und will nicht vergehen. Trotzdem zieht es sie ständig ins Moor und in den Wald.

Freuds Todestrieb-Theorie ist seit je umstritten, in aller Regel bescheinigt man ihr einen Mangel an Evidenz. Dass Menschen leben wollen, scheint klar zu sein, dass es sie auch zum Untergang drängt, leuchtet weniger ein. Dabei begegnen wir rundum einer Selbstzerstörung, die allerlei Varianten kennt, von Anorexie über Drogen bis hin zu Beziehungen, die bei allem Verheerenden fortdauern, und sei es, weil sie an Intensität schwer zu überbieten sind. Erkennt man in Freuds Theorie kein biologisches Axiom, sondern den Versuch, der Dynamik zwanghafter Zerstörungssucht auf die Spur zu kommen, verliert sie ihre monströse Unschärfe. Immerhin will auch Edmée nicht mehr gesund werden und ihr Fieber behalten. Lieber will sie innerlich glühen und Qualen genießen als in Schwermut versinken. Weil das Leben um sie her nichts Schönes mit sich bringt und auch keine besseren Tage zu erwarten sind, kreisen ihre Gedanken fortan um Blut und Gewalt.

Simenon ist wie Freud überzeugt, dass in uns Kräfte rumoren, deren wir kaum Herr werden. Dazu zählt der Drang, schmerzhafte Erfahrungen mit Schmerz zu beantworten und auf Katastrophen mit Katastrophen zu reagieren. Anders als Freud geht es Simenon allerdings nicht um psychologische Erklärungen, er schildert lediglich, wozu Menschen in der Lage sind. Edmée scheint im Sog ihrer morbiden Phantasien keine wirkliche Willensfreiheit mehr zu besitzen. Die Farbe Rot zieht sich als dunkle Spur durch den gesamten Roman: das Feuer im Schuppen, von dem Edmée wünscht, dass es nie erlösche, die Blutungen, der Gedanke an Defloration, ihre fiebrigen Wangen, das rostbraune Fell der Eichhörnchen, der tote Bube im Wald, am Ende eine weitere blutüberströmte Leiche und ein Selbstmörder, der sich seiner Strafe entzieht. Alles strebt voller Erregung dem Untergang zu, der einzig noch für Erlösung sorgen kann.

Auch wenn Simenon sich mit Erklärungen zurückhält, deuten seine Romane durchaus Ursachen und Zusammenhänge an. Und sei es durch Aussparung. Schließlich ist so gut wie nie von Edmées Kindheit die Rede, obwohl ihr Vater erst seit kurzem unter der Erde liegt. Fast könnte man meinen, sie sei von einer Art Amnesie befallen, die alles Frühere auslöscht. Einerseits erstaunt diese Abspaltung, andererseits wäre ihr Leben noch unerträglicher, würde sie sich den Unterschied zwischen dem Einst und dem Jetzt ständig vor Augen führen. Da es ohnehin kein Zurück gibt, lenkt sie alle Energie auf ihr Unglück, das ihr auf perverse Weise sogar Lust bereitet, Lust am Untergang.

Edmée weicht ihrem Unglück nicht aus, sie will es vollenden und die anderen mit in den Abgrund reißen. Mit instinktiver Raffinesse, die weder planvoll noch hintertrieben wirkt, treibt sie die rivalisierenden Brüder in den schieren Wahnsinn. Zum einen peinigt sie die beiden mit ihrer Weiblichkeit, für die sie nichts kann, zum andern treibt sie mit ihrem Hin und Her aus Aufreizen und Abwehr aber auch ein Spiel mit ihnen, dessen sie sich vermutlich nicht einmal richtig bewusst ist. Simenon zeichnet sie nicht als unschuldige Waise, sondern als ein Mädchen am Übergang zur Frau, das seit der Kindheit dunkle Seiten in sich birgt – schon früh hatte sie Fieberträume von brennenden Häusern und anschwellenden Fluten, die alles zu vernichten drohten.

Für das sich anbahnende Drama sind nicht bloß die beiden Brüder verantwortlich, es verdankt sich ebenso Edmées Unwillen, mit der neuen Umgebung zurechtzukommen. Welche Rolle die Schreckensvisionen spielen, die sie seit der Kindheit heimsuchen, bleibt im Dunkeln. Simenon führt sie jedoch eigens ins Feld, als wollte er darauf hinweisen, dass das Unausweichliche sich nicht allein auf die Verhältnisse zurückführen lässt, denen sie ausgeliefert ist. Immer wieder hat Simenon hervorgehoben, dass im Leben nicht nur das Soziale eine entscheidende Rolle spielt, sondern subkutane Kräfte mitwirken, die sich nie bis ins Letzte erhellen lassen. Jeder bringt schon sein Päckchen mit, wenn er ins Leben tritt. In dem Roman *45° im Schatten* heißt es über einen Arzt: »Er hatte das Gefühl, dass manche Wesen in gleicher Weise für die Katastrophe gemacht sind wie andere für ein langes friedliches Leben.«

Zu Beginn ist noch die Rede davon, dass Edmée Ärztin werden will. Zu ihren wenigen Erinnerungsstücken gehört das chirurgische Besteck des Vaters, das sie wie ihren Augapfel hütet. Dass ausgerechnet Scheren und Skalpelle ihre liebsten Andenken bilden, während die restliche Vergangenheit nicht mehr zu existieren scheint, spricht Bände. Zwar will sie niemanden umbringen, sorgt aber dafür, dass die Dinge sich zuspitzen. Was wir erleben, ist ein Amoklauf auf Raten, den keiner stoppen will. Alle drei taumeln auf einen Abgrund zu, der eine merkwürdige Anziehungskraft besitzt. Ausgerechnet sie, die Schutzbedürftige, wird zum Katalysator einer Katastrophe, die durch nichts aufzuhalten ist.

Auch die Lust des Lesers an Romanen wie diesem zeugt von einer gewissen Untergangsvernarrtheit. Entsetzliches übt eine Faszination aus, die wir ungern bremsen. In *Maigret und der Gehängte von Saint-Pholien* heißt es: »Bei einer Feuersbrunst wünschen sich die Zuschauer unwillkürlich, dass sie dauert, dass ein ›ordentlicher Brand‹ daraus wird, und wenn das Wasser steigt, hofft der Zeitungsleser auf eine ›ordentliche Überschwemmung‹, von der man noch in zwanzig Jahren spricht.« Uns alle treibt ein kleiner Hunger nach Verwüstung um, den wir bestenfalls durch Bücher und Filme befriedigen. Anders lässt sich unser Bedürfnis nach heillosen Geschichten schwer erklären.

Das Abgründige allein würde freilich nicht genügen, um Romane wie die von Simenon lesen zu wollen. Ihren Sog entfalten Bücher durch ihren Stil. Wie bei Camus begegnen wir bei Simenon einer Sprache, die alles ausspart, was bloßer Ausschmückung dient. Mit wenigen Worten zeichnet er in eindrücklichen Bildern ganze Welten. In einem Gespräch mit der *Paris Review* erklärte er einmal, seine hauptsächliche Arbeit bestehe darin, Adjektive, Adverbien und Sätze zu streichen, die zwar schön klängen, zur Sache aber wenig beitrügen. Ihre nüchterne Eleganz verdankt seine Sprache einer

Sparsamkeit, die nicht nur mit Worten haushält, sondern auch mit Wertungen. Simenon stellt die Dinge schlichtweg dar, ohne jeden Kommentar.

Obwohl Simenon seine eigenen Gefühle vor dem Leser verbirgt, lässt sich *Das Haus am Kanal* auch als zwiespältige Liebeserklärung an Flandern lesen. Geboren in Lüttich, gehört Simenon der wallonischen Bevölkerung an, die sich mit der flämischen bis heute nicht grün ist. Dass die Aversionen tief sitzen, davon erzählt auch dieser Roman. Die französischsprachige, in bürgerlichem Haus aufgewachsene Edmée gerät in eine Welt, die ihr nicht bloß deshalb fremd bleibt, weil sie kein Wort Flämisch versteht. Es verschlägt sie aus Brüssel in eine Gegend, deren menschenleere Endlosigkeit nicht die Seele weitet, sondern ein Gefühl von Ausweglosigkeit erzeugt. Simenon breitet vor uns eine Landschaft mit fernen Horizonten aus, die bei aller Grenzenlosigkeit etwas Verschattetes hat. »Es war hochdramatisch, wie diese Wolken ans Ende der Welt rasten, und Edmée fragte sich, ob mitunter eine die andere einholen konnte. Sie blickte so lange nach oben, dass sie der Nacken schmerzte«, heißt es an einer Stelle, und an einer andern: »Die bleiche Sonne, die manchmal zu erlöschen schien wie ein Nachtlicht, dessen Öl verbraucht ist, brachte den Menschen die unermessliche Leere noch deutlicher zum Bewusstsein.« Wir befinden uns in der Heimat von Jacques Brel, dessen Chansons von einem ähnlich ambivalenten Verhältnis zur Herkunft zeugen. Während er in *Marieke* die dunklen Himmel überm flachen Land besingt, zieht er in *Les Flamands* über eine Gesellschaft her, die wortkarg ist und Freudlosigkeit ausstrahlt.

Dieses Hin und Her aus Anziehung und Abwehr überträgt sich auf den Leser. Man fühlt sich hingezogen zu diesen Ebenen, die ins Meer übergehen und die zahllose Maler verewigt haben, möchte aber nicht dort leben, so beklemmend, wie alles wirkt. Im Zwiespältigen liegt eine Kraft, die uns in entgegengesetzte Richtungen zerrt. Im Leben kann sie einen zerreißen, in der Literatur gieren wir nach dem Eklat.

Die große Simenon-Taschenbuch-Edition bei Atlantik

Freuen Sie sich auf viele weitere Bände! #monsimenon

DIE GROSSEN ROMANE
Band 90

Georges Simenon
Striptease
Neuübersetzung von Sophia Marzolff
Mit einem Nachwort von Ulrich Wickert
ISBN 978-3-455-00688-9

Célita, Stripteasetänzerin in Cannes, hat ihren Beruf satt. Sie will ihren Chef Léon dazu bringen, sie zu heiraten, obwohl der bereits vergeben ist. Célita scheint fast am Ziel, als plötzlich die junge Tänzerin Maud auftaucht. Mit ihrer vermeintlichen Naivität und Hilflosigkeit stiehlt die Neue allen die Show und erobert den Chef im Sturm. Célita muss zusehen, wie ihr der perfekte Lebensplan aus den Händen gleitet.

»Simenons Romane sind wie ein Traum, der dem Leben gleicht und uns vielleicht hilft, das wirkliche Leben zu deuten und zu lieben.«
Federico Fellini